Turgenev Bilingual

Edited by Olga Kuzmina

Originally published as issue #39 of the journal *Chtenia*.

Cover: Portrait of Turgenev by Mikhail Rundaltsov, 1904.

ISBN 978-1-880100-53-0

StoryWorkz, Inc.
73 Main Street, Suite 402
Montpelier, VT 05602
storyworkz.com

Ivan Turgenev

Contents

Ivan Sergeyevich
Olga Kuzmina

Turgenev was the first Russian author to become widely known in English translation – before Tolstoy, before Chekhov, even before Pushkin, and largely thanks to the prodigious translation efforts of Constance Garnett, whose work appears throughout this issue.

Born nearly 200 years ago, on November 9, 1818, into a noble family in Oryol, Ivan Sergeyevich Turgenev fled a difficult early life and seemed drawn further and further from his roots – first to Moscow and St. Petersburg, then to Europe. In fact, as he got older, he went for years at a time without seeing Russia. Indeed, he became more a member of the Western European intelligentsia than the Russian one.

The author of masterful short stories, plays, novellas and novels, Turgenev seemed to have a particular gift for writing about nature and about social iniquities. He also seemed to have a unique ability for attracting controversy to himself, be it because of his views (he was thrown in prison for the obituary he wrote for Gogol) or his actions (philandering, possibly plagiarism) or inaction (cowardice during a fire on a boat). He was a tall, somewhat timid, but also intransigent man, and he had notoriously

rocky relations with Tolstoy (who challenged him to a duel, only to rescind the challenge), Goncharov, and Dostoyevsky, among others.

In selecting the texts for the present issue, we sought to highlight three distinct aspects of Turgenev's work that emerge through his writings.

The first is the intensely biographical nature of his fiction. Several recurring themes in his works – sudden encounters with a beautiful girl, a fascination with all things German – draw from the author's own experiences of travelling, and falling in love, in Europe and at home. Indeed, the novels that can be grouped together as Turgenev's "romantic fiction" were drawn almost directly from his life: these include *Faust* (1856), based on Turgenev's period of exile at his estate in Spasskoye; *First Love* (1862), describing the 16-year-old Turgenev's infatuation with a young woman; and the wistful *Torrents of Spring* (1872), written as a reminiscence by Turgenev as he entered resolutely into middle age.

Turgenev reportedly once told the great love of his life, the singer Pauline Viardot, that he was always "the unlucky lover" in his own stories,[1] and it appears he was speaking as much about his fiction as he was about real life.

The second aspect we sought to highlight is the author's preoccupation with illustrating the difference between what he saw as the two fundamental types of individuals: those that can be broadly described as the *doers* – devoted to a cause and moving steadfastly in that direction, and the *thinkers* – who possess superior intelligence and capabilities, yet are unable to act.

In Turgenev's works, representatives of the former group are typically foreigners, reflecting the author's own veneration of the enterprising Western man. Representatives of the latter group – almost always, hopelessly Russian – would eventually receive the diagnosis of a common malaise in Russian literature: the "superfluous man," a term first coined by Turgenev himself in *The Diary of a Superfluous Man* (1850), excerpted in this volume. Alongside Chulkaturin, the narrator of the *Diary*, the

....

1. From Simon Callow's introduction in *Faust*, translated by Hugh Alpin (London: Hersperus Press, 2003).

"superfluous man" trope appears in the characters of Rudin from the eponymous 1856 novel and, most famously, in Bazarov from *Fathers and Sons* (1862). But Turgenev's most open dissection of the thinkers and the doers takes place in a critical essay he delivered as a speech during a public benefit in 1860, titled "Hamlet and Don Quixote." This superb text, which lays open Turgenev's own definitions of the "two ends of the axis" about which human nature turns, is a key document for understanding the ideas that underpin much of the author's earlier and subsequent writing. It is given particular attention in this volume.

The dichotomy presented in "Hamlet and Don Quixote" brings us to a third crucial theme in Turgenev's works: that of Russia's place on the continuum of Western civilization. As a liberal who had spent a significant part of his life in Western Europe, Turgenev was a proponent of a moderate path for Russia between the two extremes of reactionary tsarism and radical revolution. In his studies of the Russian intelligentsia (for Turgenev was predominantly a writer of the intelligentsia), he explored the ideological divide between the older generation of nineteenth-century Russian thinkers, which sought gradual reforms, and their proverbial "sons," who wanted less thinking and more doing.

This rift was encapsulated in the argument between the nihilist Bazarov and the aristocrat Pavel Petrovich in *Fathers and Sons*. It is echoed elsewhere in *On the Eve* (1860), a critique of Russia's middle class in advance of the Crimean War, and the highly controversial *Smoke* (1867), whose narrator sees the pontifications of both camps as merely hot air.

Far from remaining within the domestic context, these arguments are continuously presented against the backdrop of Turgenev's European experience. If the author's discussion in "Hamlet and Don Quixote" is extended from the individual to the national level, then Russia and the West appear in Turgenev's works as the two fundamental types of civilizations, with Russia as the promising but tragic Hamlet.

But while Turgenev wrote that, "to love [Hamlet] is almost impossible," his relationship with Russia was more complex: he did love its slow-moving

currents, its wily peasants, its sleepy countryside. As Lavretsky, the hero of *A House of Gentle Folk* (1859) – Turgenev's most popular novel during his lifetime – observes about his country: "And always, at all times life here is quiet, unhasting…And what vigor, what health abound in this inactive place!"

Edward Garnett, husband of the prolific translator of Russian literature, wrote in his introduction to *On the Eve*:

> Turgenev's genius was of the same force in politics as in art; it was that of seeing aright. He saw his country as it was, with clearer eyes than any man before or since. If Tolstoy is a purer native expression of Russia's force, Turgenev is the personification of Russian aspiration working with the instruments of wide cosmopolitan culture. As a critic of his countrymen, nothing escaped Turgenev's eye, as a politician he foretold nearly all that actually came to pass in his life…Turgenev, in short, was a psychologist not merely of men, but of nations.

If Turgenev is indeed a psychologist of nations, then what can he tell us about Russia's future development in relation to the West? At the end of "Hamlet and Don Quixote," he leaves us with an interesting final thought. "This life is nothing else than an eternal struggle and everlasting reconcilement of two ceaselessly diverging and continually uniting elements," Turgenev writes. "…These two forces of inertia and motion, of conservatism and progress, are the fundamental forces of all existing things." Nearly two centuries after Turgenev's birth, the struggle between the two cultures that produced him continues with equal fervor. But, like in his fiction, reconciliation appears to be very distant indeed.

Contributors

CONSTANCE GARNETT (1861-1946) was a legendary translator of some 70 works of nineteenth century Russian literature, and was one of the first translators to English of Dostoyevsky and Chekhov. She was drawn to the profession after a trip to Russia in 1893, when she met Lev Tolstoy at Yasnaya Polyana.

OLGA KUZMINA is a Moscow native who graduated from the University of North Carolina–Chapel Hill with degrees in Political Science and Slavic Language and Culture. She lives in Washington, DC, where she works as a researcher on U.S.-Russia relations. She was shortlisted for the Rossica Young Translators Award in 2012.

CHARLES J. HOGARTH (1869-1942) was a prolific translator of Tolstoy, Turgenev, Klyuchevsky, Gogol, Gorky, and Goncharov.

DAVID A. MODELL (1878 - ?) was a Russian-born journalist, editor and encyclopedist. A medical school gratuate, he served as an assistant editor of *The Russian Review*, and translated prose and plays by Turgenev, Kropotkin, Chekhov and others.

ROCHELLE S. TOWNSEND was one of the unsung early translators of Russian works around the turn of the twentieth century. She translated works by Tolstoy, Pushkin, Andreyev, and Turgenev.

IVAN TURGENEV (1818-1883) was a novelist, playwright and short story writer born in Oryol. He burst onto the literary scene with his short story collection, *A Sportsman's Sketches* (1852), followed by *Fathers and Sons* (1862). Most of his later life he lived abroad (both to avoid the stifling rule of Nicholas I and to pursue his love of Pauline Viardot), and he had testy or difficult relationships with both Dostoyevsky and Tolstoy (who at one point challenged him to a duel).

Turgenev's story of two peasants — the enterprising Khor and the dreamy Kalinych — was first published in the journal *Sovremennik* (*The Contemporary*) and became the nucleus of the collection, *A Sportsman's Sketches* (or *Sketches from a Hunter's Album*), published in book form in 1852. The sympathetic portrayal of the peasantry is believed to have contributed to a shift in public opinion in favor of the abolition of serfdom, and established Turgenev's reputation as a reformist writer.

Khor and Kalinych

Ivan Turgenev

That day I started out to hunt four hours later than usually, and the following three days I spent at Khor's. My new friends interested me. I don't know how I had gained their confidence, but they began to talk to me without constraint. The two friends were not at all alike. Khor was a positive, practical man, with a head for management, a rationalist; Kalinych, on the other hand, belonged to the order of idealists and dreamers, of romantic and enthusiastic spirits. Khor had a grasp of actuality — that is to say, he looked ahead, had saved a little money, kept on good terms with his master and the other authorities; Kalinych wore shoes of bast, and lived from hand to mouth. Khor had reared a large family, who were obedient and united; Kalinych had once had a wife, whom he had been afraid of, and he had had no children. Khor knew Mr. Polutikin inside out; Kalinych revered his master. Khor loved Kalinych and protectively cared for him; Kalinych loved and respected Khor. Khor spoke little, chuckled, and thought for himself; Kalinych expressed himself with warmth, though he had not the flow of fine language of a smart factory hand. But Kalinych was endowed with powers which even Khor recognized; he could charm away hemorrhages,

Хорь и Кали́ныч

Ива́н Турге́нев

Я в э́тот день пошёл на охо́ту часа́ми четырьмя́ поздне́е обыкнове́нного и сле́дующие три дня провёл у Хоря́. Меня́ занима́ли но́вые мои́ знако́мцы. Не зна́ю, чем я заслужи́л их дове́рие, но они́ непринуждённо разгова́ривали со мной. Я с удово́льствием слу́шал их и наблюда́л за ни́ми. О́ба прия́теля ниско́лько не походи́ли друг на дру́га. Хорь был челове́к положи́тельный, практи́ческий, администрати́вная голова́, рационали́ст; Кали́ныч, напро́тив, принадлежа́л к числу́ идеали́стов, рома́нтиков, люде́й восто́рженных и мечта́тельных. Хорь понима́л действи́тельность, то есть: обстро́ился, накопи́л деньжо́нку, ла́дил с ба́рином и с про́чими властя́ми; Кали́ныч ходи́л в лаптя́х и перебива́лся кое-как. Хорь расплоди́л большо́е семе́йство, поко́рное и единоду́шное; у Кали́ныча была́ когда́-то жена́, кото́рой он боя́лся, а дете́й и не быва́ло во́все. Хорь наскво́зь ви́дел г-на Полуты́кина; Кали́ныч благогове́л перед свои́м господи́ном. Хорь люби́л Кали́ныча и ока́зывал ему́ покрови́тельство; Кали́ныч люби́л и уважа́л Хоря́. Хорь говори́л ма́ло, посме́ивался и разуме́л про себя́; Кали́ныч объясня́лся с жа́ром, хотя́ и не пел соловьём, как бо́йкий фабри́чный челове́к... Но Кали́ныч был

fits, madness, and worms; his bees always did well; he had a light hand. Khor asked him before me to introduce a newly bought horse to his stable, and with scrupulous gravity Kalinych carried out the old skeptic's request. Kalinych was in closer contact with nature; Khor with men and society. Kalinych had no liking for argument, and believed in everything blindly; Khor had reached even an ironical attitude towards life. He had seen and experienced much, and I learnt a good deal from him. For instance, from his account I learnt that every year before mowing-time a small, peculiar-looking cart makes its appearance in the villages. In this cart sits a man in a long coat, who sells scythes. He charges one ruble twenty-five kopeks – a ruble and a half in notes – for ready money; four rubles if he gives credit. All the peasants, of course, take the scythes from him on credit. In two or three weeks he reappears and asks for the money. As the peasant has only just cut his oats, he is able to pay him; he goes with the merchant to the tavern, and there the debt is settled. Some landowners conceived the idea of buying the scythes themselves for ready money and letting the peasants have them on credit for the same price; but the peasants seemed dissatisfied, even dejected; they had been deprived of the pleasure of tapping the scythe and listening to the ring of the metal, turning it over and over in their hands, and telling the scoundrelly city-trader twenty times over, "Eh, my friend, you won't take me in with your scythe!"

The same tricks are played over the sale of sickles, only with the difference that the women have a hand in the business then, and they sometimes drive the trader himself to the necessity – for their good, of course – of beating them. But the women suffer most ill-treatment through the following circumstances. Contractors for the supply of stuff for paper factories employ for the purchase of rags a special class of men, who in some districts are called "eagles." Such an "eagle" receives two hundred rubles in banknotes from the merchant, and starts off in search of his prey. But, unlike the noble bird from whom he has derived his name, he does not swoop down openly and boldly upon it; quite the contrary, the "eagle" has recourse to deceit and cunning. He leaves his cart somewhere in a thicket

одарён преимуществами, которые признавал сам Хорь, например: он заговаривал кровь, испуг, бешенство, выгонял червей; пчёлы ему дались, рука у него была лёгкая. Хорь при мне попросил его ввести в конюшню новокупленную лошадь, и Калиныч с добросовестною важностью исполнил просьбу старого скептика. Калиныч стоял ближе к природе; Хорь же – к людям, к обществу; Калиныч не любил рассуждать и всему верил слепо; Хорь возвышался даже до иронической точки зрения на жизнь. Он много видел, много знал, и от него я многому научился. Например, из его рассказов узнал я, что каждое лето, перед покосом, появляется в деревнях небольшая тележка особенного вида. В этой тележке сидит человек в кафтане и продаёт косы. На наличные деньги он берёт рубль двадцать пять копеек – полтора рубля ассигнациями; в долг – три рубля и целковый. Все мужики, разумеется, берут у него в долг. Через две-три недели он появляется снова и требует денег. У мужика овёс только что скошен, стало быть, заплатить есть чем; он идёт с купцом в кабак и там уже расплачивается. Иные помещики вздумали было покупать сами косы на наличные деньги и раздавать в долг мужикам по той же цене; но мужики оказались недовольными и даже впали в уныние; их лишали удовольствия щёлкать по косе, прислушиваться, перевёртывать её в руках и раз двадцать спросить у плутоватого мещанина-продавца: «А что, малый, коса-то не больно того?»

Те же самые проделки происходят и при покупке серпов, с тою только разницей, что тут бабы вмешиваются в дело и доводят иногда самого продавца до необходимости, для их же пользы, поколотить их. Но более всего страдают бабы вот при каком случае. Поставщики материала на бумажные фабрики поручают закупку тряпья особенного рода людям, которые в иных уездах называются «орлами». Такой «орёл» получает от купца рублей двести ассигнациями и отправляется на добычу. Но, в противность благородной птице, от которой он получил своё имя, он не нападает открыто и смело: напротив, «орёл» прибегает к хитрости и лукавству. Он оставляет свою тележку где-нибудь в кустах около

near the village, and goes himself to the back-yards and back-doors, like someone casually passing, or simply a tramp. The women scent out his proximity and steal out to meet him. The bargain is hurriedly concluded. For a few copper half-pence a woman gives the "eagle" not only every useless rag she has, but often even her husband's shirt and her own petticoat. Of late the women have thought it profitable to steal even from themselves, and to sell hemp in the same way – a great extension and improvement of the business for the "eagles"! To meet this, however, the peasants have grown more cunning in their turn, and on the slightest suspicion, on the most distant rumor of the approach of an "eagle," they have prompt and sharp recourse to corrective and preventive measures. And, after all, wasn't it disgraceful? To sell the hemp was the men's business – and they certainly do sell it – not in the town (they would have to drag it there themselves), but to traders who come for it, who, for want of scales, reckon forty handfuls to the pood[1] – and you know what a Russian's hand is and what it can hold, especially when he "tries his best"!

As I had had no experience and was not country-bred, I heard plenty of such descriptions. But Khor was not always the narrator; he questioned me too about many things. He learned that I had been in foreign parts, and his curiosity was aroused... Kalinych was not behind him in curiosity; but he was more attracted by descriptions of nature, of mountains and waterfalls, extraordinary buildings and great cities; Khor was interested in questions of government and administration. He went through everything in order. "Well, is that with them as it is with us, or different?... Come, tell us, your honor, how is it?" "Ah, Lord, Thy will be done!" Kalinych would exclaim while I told my story; Khor did not speak, but frowned with his bushy eyebrows, only observing at times, "That wouldn't do for us; still, it's a good thing – it's right."

---

1. A unit of mass; approximately 16.38 kilograms (36.11 pounds).

дере́вни, а сам отправля́ется по задво́рьям да по зада́м, сло́вно прохо́жий како́й-нибу́дь и́ли про́сто пра́здношата́ющийся. Ба́бы чутьём уга́дывают его́ приближе́нье и краду́тся к нему́ навстре́чу. Второпя́х соверша́ется торго́вая сде́лка. За не́сколько ме́дных грошей ба́ба отдаёт «орлу́» не то́лько вся́кую нену́жную тряпи́цу, но ча́сто да́же му́жнину руба́ху и со́бственную панёву. В после́днее вре́мя ба́бы нашли́ вы́годным красть у сами́х себя́ и сбыва́ть таки́м о́бразом пеньку́, в осо́бенности «зама́шки», — ва́жное распростране́ние и усоверше́нствование промы́шленности «орло́в»! Но зато́ мужики́, в свою́ о́чередь, навостри́лись и при мале́йшем подозре́нии, при одно́м отдалённом слу́хе о появле́нии «орла́» бы́стро и жи́во приступа́ют к исправи́тельным и предохрани́тельным ме́рам. И в са́мом де́ле, не оби́дно ли? Пеньку́ продава́ть их де́ло, и они́ её то́чно продаю́т, не в го́роде,— в го́род на́до сами́м тащи́ться, — а прие́зжим торгаша́м, кото́рые, за неиме́нием безме́на, счита́ют пуд в со́рок горсте́й — а вы зна́ете, что́ за горсть и что́ за ладо́нь у ру́сского челове́ка, осо́бенно когда́ он «усе́рдствует»!

Таки́х расска́зов я, челове́к нео́пытный и в дере́вне не «жива́лый» (как у нас в Орле́ говори́тся), наслу́шался вдо́воль. Но Хорь не всё расска́зывал, он сам меня́ расспра́шивал о мно́гом. Узна́л он, что я быва́л за грани́цей, и любопы́тство его́ разгоре́лось... Кали́ныч от него́ не отстава́л; но Кали́ныча бо́лее тро́гали описа́ния приро́ды, гор, водопа́дов, необыкнове́нных зда́ний, больши́х городо́в; Хоря́ занима́ли вопро́сы администрати́вные и госуда́рственные. Он перебира́л всё по поря́дку: «Что, у них э́то там есть та́к же, как у нас, аль ина́че?.. Ну, говори́, ба́тюшка, — ка́к же?..» — «А! ах, го́споди, твоя́ во́ля!» — восклица́л Кали́ныч во вре́мя моего́ расска́за; Хорь молча́л, хму́рил густы́е бро́ви и лишь и́зредка замеча́л, что, «де́скать, э́то у нас не шло бы, а во́т э́то хорошо́ — э́то поря́док».

All his inquiries I cannot recount, and it is unnecessary; but from our conversations I carried away one conviction, which my readers will certainly not anticipate... the conviction that Peter the Great was preeminently a Russian – Russian, above all, in his reforms. The Russian is so convinced of his own strength and powers that he is not afraid of putting himself to severe strain; he takes little interest in his past, and looks boldly forward. What is good he likes, what is sensible he will have, and where it comes from he does not care. His vigorous sense is fond of ridiculing the thin theorizing of the German; but, in Khor's words, "The Germans are curious folk," and he was ready to learn from them a little. Thanks to his exceptional position, his practical independence, Khor told me a great deal that you could not pry or – as the peasants say – grind with a grindstone out of any other man. He did, in fact, understand his position. Talking with Khor, I for the first time listened to the simple, wise discourse of the Russian peasant. His knowledge was, in his own opinion, wide enough; but he could not read, though Kalinych could.

First published in Russian: 1847
Translation by Constance Garnett, corrected and modernized by James Rusk

Всех его расспро́сов я переда́ть вам не могу́, да́ и не́зачем; но из на́ших разгово́ров я вы́нес одно́ убежде́нье, кото́рого, вероя́тно, ника́к не ожида́ют чита́тели, – убежде́нье, что Пётр Вели́кий был по преиму́ществу ру́сский челове́к, ру́сский и́менно в свои́х преобразова́ниях. Ру́сский челове́к так уве́рен в свое́й си́ле и кре́пости, что он не про́чь и полома́ть себя́: он ма́ло занима́ется свои́м проше́дшим и сме́ло гляди́т вперёд. Что хорошо́ – то ему́ и нра́вится, что разу́мно – того́ ему́ и подава́й, а отку́да оно́ идёт, – ему́ всё равно́. Его́ здра́вый смысл охо́тно подтруни́т над сухопа́рым неме́цким рассу́дком; но не́мцы, по слова́м Хоря́, любопы́тный наро́дец, и поучи́ться у них он гото́в. Благодаря́ исключи́тельности своего́ положе́нья, свое́й факти́ческой незави́симости, Хорь говори́л со мной о мно́гом, чего́ из друго́го рычаго́м не вы́воротишь, как выража́ются мужики́, жёрновом не вы́мелешь. Он действи́тельно понима́л своё положе́нье. Толку́я с Хорём, я в пе́рвый ра́з услы́шал просту́ю, у́мную речь ру́сского мужика́. Его́ позна́нья бы́ли дово́льно, по-сво́ему, обши́рны, но чита́ть он не уме́л; Кали́ныч – уме́л.

Turgenev's melancholy novella is told in first-person narration by the ailing Chulkaturin, who, on his deathbed, recounts incidents from his life and his failed love. In this work Turgenev first coined the phrase "superfluous man" (*lishny chelovek*), that would become the standard description of this archetype in Russian literature.

The Diary of a Superfluous Man
Ivan Turgenev

March 23

Winter again. The snow is falling in flakes.

Superfluous, superfluous... That's a capital word I have hit on. The more deeply I probe into myself, the more intently I review all my past life, the more I am convinced of the strict truth of this expression. Superfluous – that's just it. To other people that term is not applicable... People are bad, or good, clever, stupid, pleasant, and disagreeable; but superfluous... no. Understand me, though: the universe could get on without those people too... no doubt; but uselessness is not their prime characteristic, their most distinctive attribute, and when you speak of them, the word "superfluous" is not the first to rise to your lips. But I... there's nothing else one can say about me; I'm superfluous and nothing more. A supernumerary, and that's all. Nature, apparently, did not reckon on my appearance, and consequently treated me as an unexpected and uninvited guest. A facetious gentleman, a great devotee of preference, said very happily about me that I was the forfeit my mother had paid at the game of life. I am speaking about myself calmly now, without any bitterness... It's all over and done with!

Дневни́к ли́шнего челове́ка
Ива́н Сергеевич Тургенев

23 ма́рта

Опя́ть зима́. Снег ва́лит хло́пьями.

Ли́шний, ли́шний…Отли́чное это приду́мал я сло́во. Чем глу́бже я вника́ю в самого́ себя́, чем внима́тельнее рассма́триваю всю свою́ проше́дшую жизнь, тем бо́лее убежда́юсь в стро́гой и́стине этого выраже́нья. Ли́шний – и́менно. К други́м лю́дям это сло́во не применя́ется…Лю́ди быва́ют злы́е, до́брые, у́мные, глу́пые, прия́тные и неприя́тные; но ли́шние…нет. То́ есть пойми́те меня́: и без этих люде́й могла́ бы вселе́нная обойти́сь…коне́чно; но бесполе́зность – не гла́вное их ка́чество, не отличи́тельный их при́знак, и вам, когда́ вы говори́те о них, сло́во «ли́шний» не пе́рвое прихо́дит на язы́к. А я…про меня́ ничего́ друго́го и сказа́ть нельзя́: ли́шний – да и то́лько. Сверхшта́тный челове́к – вот и все. На моё появле́ние приро́да, очеви́дно, не рассчи́тывала и вследствие этого обошла́сь со мной, как с нежда́нным и незва́ным го́стем. Неда́ром про меня́ сказа́л оди́н шутни́к, большо́й охо́тник до преферанса, что моя́ ма́тушка мно́ю обреми́зилась. Я говорю́ тепе́рь о само́м себе́ споко́йно, без вся́кой же́лчи… Де́ло про́шлое!

Throughout my whole life I was constantly finding my place taken, perhaps because I did not look for my place where I should have done. I was apprehensive, reserved, and irritable, like all sickly people. Moreover, probably owing to excessive self-consciousness, perhaps as the result of the generally unfortunate cast of my personality, there existed between my thoughts and feelings, and the expression of those feelings and thoughts, a sort of inexplicable, irrational, and utterly insuperable barrier; and whenever I made up my mind to overcome this obstacle by force, to break down this barrier, my gestures, the expression of my face, my whole being, took on an appearance of painful constraint. I not only seemed, I positively became unnatural and affected. I was conscious of this myself, and hastened to shrink back into myself. Then a terrible commotion was set up within me. I analyzed myself to the last thread, compared myself with others, recalled the slightest glances, smiles, words of the people to whom I had tried to open myself out, put the worst construction on everything, laughed vindictively at my own pretensions to "be like everyone else," – and suddenly, in the midst of my laughter, collapsed utterly into gloom, sank into absurd dejection, and then began again as before – went round and round, in fact, like a squirrel on its wheel. Whole days were spent in this harassing, fruitless exercise. Well now, tell me, if you please, to whom and for what is such a man of use? Why did this happen to me? What was the reason of this trivial fretting at myself? – who knows? Who can tell?

I remember I was driving once from Moscow in the diligence. It was a good road, but the driver, though he had four horses harnessed abreast, hitched on another, alongside of them. Such an unfortunate, utterly useless, fifth horse – fastened somehow on to the front of the shaft by a short stout cord, which mercilessly cuts his shoulder, forces him to go with the most unnatural action, and gives his whole body the shape of a comma – always arouses my deepest pity. I remarked to the driver that I thought we might on this occasion have got on without the fifth horse... He was silent a moment, shook his head, lashed the horse a dozen times across his thin back and under his distended belly, and with a grin responded: "Ay, to be

Во все продолжение жизни я постоянно находил своё место занятым, может быть оттого, что искал это место не там, где бы следовало. Я был мнителен, застенчив, раздражителен, как все больные; притом, вероятно по причине излишнего самолюбия или вообще вследствие неудачного устройства моей особы, между моими чувствами и мыслями – и выражением этих чувств и мыслей – находилось какое-то бессмысленное, непонятное и непреоборимое препятствие; и когда я решался насильно победить это препятствие, сломить эту преграду – мои движения, выражение моего лица, все моё существо принимало вид мучительного напряжения: я не только казался – я действительно становился неестественным и натянутым. Я сам это чувствовал и спешил опять уйти в себя. Тогда-то поднималась внутри меня страшная тревога. Я разбирал самого себя до последней ниточки, сравнивал себя с другими, припоминал малейшие взгляды, улыбки, слова людей, перед которыми хотел было развернуться, толковал все в дурную сторону, язвительно смеялся над своим притязанием «быть, как все», – и вдруг, среди смеха, печально опускался весь, впадал в нелепое уныние, а там опять принимался за прежнее, – словом, вертелся, как белка в колесе. Целые дни проходили в этой мучительной, бесплодной работе. Ну, теперь, скажите на милость, скажите сами, кому и на что такой человек нужен? Отчего это со мной происходило, какая причина этой кропотливой возни с самим собою – кто знает? кто скажет?

Помнится, однажды ехал я из Москвы в дилижансе. Дорога была хороша, а ямщик к четвёрке рядом припрег ещё пристяжную. Эта несчастная, пятая, вовсе бесполезная лошадь, кое-как привязанная к передку толстой короткой верёвкой, которая немилосердно режет ей ляжку, трёт хвост, заставляет её бежать самым неестественным образом и придаёт всему её телу вид запятой, всегда возбуждает моё глубокое сожаление. Я заметил ямщику, что, кажется, можно было на сей раз обойтись без пятой лошади…Он помолчал, тряхнул затылком, стегнул её взатяжку раз десяток кнутом через худую спину под раздутый живот

sure; why do we drag him along with us? What the devil's he for?" And here am I too dragged along. But, thank goodness, the station is not far off.

Superfluous... I promised to show the justice of my opinion, and I will carry out my promise. I don't think it necessary to mention the thousand trifles, everyday incidents and events, which would, however, in the eyes of any thinking man, serve as irrefutable evidence in my support – I mean, in support of my contention. I had better begin straight away with one rather important incident, after which probably there will be no doubt left of the accuracy of the term superfluous. I repeat: I do not intend to indulge in minute details, but I cannot pass over in silence one rather serious and significant fact, that is, the strange behavior of my friends (I too used to have friends) whenever I met them, or even called on them. They used to seem ill at ease; as they came to meet me, they would give a not quite natural smile, look, not into my eyes nor at my feet, as some people do, but rather at my cheeks, articulate hurriedly, "Ah! How are you, Chulkaturin!" (such is the surname fate has burdened me with) or "Ah! Here's Chulkaturin!" turn away at once and positively remain stockstill for a little while after, as though trying to recollect something. I used to notice all this, as I am not devoid of penetration and the faculty of observation, on the whole I am not a fool; I sometimes even have ideas come into my head that are amusing, not absolutely commonplace. But as I am a superfluous man with a padlock on my inner self, it is very painful for me to express my idea, the more so as I know beforehand that I shall express it badly. It positively sometimes strikes me as extraordinary the way people manage to talk, and so simply and freely... It's marvelous, really, when you think of it. Though, to tell the truth, I too, in spite of my padlock, sometimes have an itch to talk. But I did actually utter words only in my youth; in riper years I almost always pulled myself up. I would murmur to myself: "Come, we'd better hold our tongue." And I was still. We are all good hands at being silent; our women especially are great in that line. Many an exalted Russian

– и не без усмешки промолвил: «Ведь вишь, в самом деле, приплелась! На кой чёрт?"

И я вот так же приплёлся…Да, благо, станция недалеко. Лишний…Я обещался доказать справедливость моего мнения и исполню своё обещание. Не считаю нужным упоминать о тысяче мелочей, ежедневных происшествий и случаев, которые, впрочем, в глазах всякого мыслящего человека могли бы послужить неопровержимыми доказательствами в мою пользу, то есть в пользу моего воззрения; лучше начну прямо с одного довольно важного случая, после которого, вероятно, уже не останется никакого сомнения насчёт точности слова: лишний. Повторяю: я не намерен вдаваться в подробности, но не могу пройти молчанием одно довольно любопытное и замечательное обстоятельство, а именно: странное обращение со мной моих приятелей (у меня тоже были приятели) всякий раз, когда я им попадался навстречу или даже к ним заходил. Им становилось словно неловко; они, идя мне навстречу, как-то не совсем естественно улыбались, глядели мне не в глаза, не на ноги, как иные это делают, а больше в щеки, торопливо пожимали мне руку, торопливо произносили: «А! здравствуй, Чулкатурин!» (меня судьба одолжила таким прозванием) или: «А, вот и Чулкатурин,» тотчас отходили в сторону и даже некоторое время оставались потом неподвижными, словно силились что-то припомнить. Я все это замечал, потому что не лишён проницательности и дара наблюдения; я вообще неглуп; мне даже иногда в голову приходят мысли, довольно забавные, не совсем обыкновенные; но так как я человек лишний и с замочком внутри, то мне и жутко высказать свою мысль, тем более что я наперёд знаю, что я её прескверно выскажу. Мне даже иногда странным кажется, как это люди говорят, и так просто, свободно… Экая прыть, подумаешь. То есть, признаться сказать, и у меня, несмотря на мой замочек, частенько чесался язык; но действительно произносил слова я только в молодости, а в более зрелые лета почти всякий раз мне удавалось переломить себя. Скажу, бывало, вполголоса: «А вот мы лучше немножко помолчим», и успокоюсь. На молчание-то мы все горазды; особенно наши женщины

young lady keeps silent so strenuously that the spectacle is calculated to produce a faint shudder and cold sweat even in any one prepared to face it. But that's not the point, and it's not for me to criticize others. I proceed to my promised narrative...

April 1

It is over... Life is over. I shall certainly die today. It's hot outside... almost suffocating... or is it that my lungs are already refusing to breathe? My little comedy is played out. The curtain is falling.

Sinking into nothing, I cease to be superfluous...

Ah, how brilliant that sun is! Those mighty beams breathe of eternity...

First published in Russian: 1850
Translation by Constance Garnett

э́тим взя́ли: ина́я возвы́шенная ру́сская деви́ца так могу́щественно молчи́т, что да́же в подгото́вленном челове́ке подо́бное зре́лище спосо́бно произвести́ лёгкую дрожь и холо́дный пот. Но де́ло не в том, и не мне критикова́ть други́х. Приступа́ю к обе́щанному расска́зу.

1 апре́ля

Ко́нчено… Жизнь ко́нчена. Я то́чно умру́ сего́дня. На дворе́ жа́рко… почти́ ду́шно…и́ли уже грудь моя отка́зывается дыша́ть? Моя ма́ленькая коме́дия разы́грана. За́навес па́дает.

Уничтожа́ясь, я перестаю́ быть ли́шним…

Ах, как э́то со́лнце я́рко! Э́ти могу́чие лучи́ ды́шат ве́чностью…

Written during the summer of 1856 while Turgenev was at his estate in Spasskoye, this epistolary novella combines influences of Turgenev's favorite literary work – Goethe's *Faust* – with a love story loosely inspired by Turgenev's own infatuation with a married woman who lived next door, Maria Tolstaya, the sister of Leo Tolstoy.

Faust

Ivan Turgenev

I forgot to tell you in my last letter that when I got home from the Priyemkovs, I felt sorry I had mentioned *Faust*; Schiller would have been a great deal better for the first time, if it was to be something German. I felt especially afraid of the first scenes, before the meeting with Gretchen. I was not quite easy about Mephistopheles either. But I was under the spell of *Faust*, and there was nothing else I could have read with zest. It was quite dark when we went into the summer-house; it had been made ready for us the day before. Just opposite the door, before a little sofa, stood a round table covered with a cloth; easy chairs and seats were placed round it; there was a lamp alight on the table. I sat down on the little sofa, and took out the book. Vera Nikolayevna settled herself in an easy chair, a little way off, close to the door. In the darkness, through the door, a green branch of acacia stood out in the lamplight, swaying lightly; from time to time a flood of night air flowed into the room. Priyemkov sat near me at the table, the German beside him. The governess had remained in the house with Natasha. I made a brief, introductory speech. I touched on the old legend of doctor Faust, the significance of Mephistopheles, and Goethe himself, and asked

Фа́уст

Ива́н Турге́нев

Я в после́днем письме́ забы́л тебе́ сказа́ть, что, прие́хав домо́й от
Прии́мковых, я раска́ивался, что назва́л и́менно «Фа́уста»; для пе́рвого
ра́за Ши́ллер гора́здо бы лу́чше годи́лся, уж ко́ли де́ло пошло́ на не́мцев.
Осо́бенно пуга́ли меня́ пе́рвые сце́ны до знако́мства с Гре́тхен; насчёт
Мефисто́феля я то́же не был поко́ен. Но я находи́лся под влия́нием
«Фа́уста» и ничего́ друго́го не мог бы проче́сть с охо́той. Когда́ уже
совсе́м стемне́ло, мы отпра́вились в кита́йский до́мик; его́ накану́не
привели́ в поря́док. Пря́мо про́тив две́ри, пе́ред диванчиком, стоя́л
кру́глый стол, покры́тый ковро́м; круго́м расста́влены бы́ли кре́сла и
сту́лья; на столе́ горе́ла ла́мпа. Я сел на дива́нчик, доста́л кни́жку. Ве́ра
Никола́евна помести́лась на кре́слах не́сколько поо́даль, недалеко́ от
две́ри. За две́рью, среди́ тьмы, выставля́лась, слегка́ кача́ясь, зелёная
ве́тка ака́ции, освещённая ла́мпой; и́зредка влива́лась в ко́мнату струя́
ночно́го во́здуха. Прии́мков сел близ меня́ у стола́, не́мец во́зле него́.
Гуверна́нтка оста́лась с Ната́шей в до́ме. Я произнёс небольшу́ю
вступи́тельную речь: упомяну́л о стари́нной леге́нде до́ктора Фа́уста,
о значе́нии Мефисто́феля, о само́м Гёте и попроси́л останови́ть меня́,

them to stop me if anything struck them as obscure. Then I cleared my throat. ...Priyemkov asked me if I wouldn't have some sugar water, and one could perceive that he was very well satisfied with himself for having put this question to me. I refused. Profound silence reigned. I began to read, without raising my eyes. I felt ill at ease; my heart beat, and my voice shook. The first exclamation of sympathy came from the German, and he was the only one to break the silence all the while I was reading... "Wonderful! Sublime!" he repeated, adding now and then, "Ah! That's profound." Priyemkov, as far as I could observe, was bored; he did not know German very well, and had himself admitted he did not care for poetry!... Well, it was his own doing! I had wanted to hint at dinner that his company could be dispensed with at the reading, but I felt a delicacy about saying so. Vera Nikolayevna did not stir; twice I stole a glance at her. Her eyes were fixed directly and intently upon me; her face struck me as pale. After the first meeting of Faust with Gretchen she bent forward in her low chair, clasped her hands, and remained motionless in that position till the end. I felt that Priyemkov was thoroughly sick of it, and at first that depressed me, but gradually I forgot him, warmed up, and read with fire, with enthusiasm... I was reading for Vera Nikolayevna alone; an inner voice told me that *Faust* was affecting her. When I finished (the intermezzo I omitted: that bit belongs in style to the second part, and I skipped part, too, of the "Night on the Brocken")... when I finished, when that last "Heinrich!" was heard, the German with much feeling commented – "My God! How splendid!" Priyemkov, apparently overjoyed (poor chap!), leaped up, gave a sigh, and began thanking me for the treat I had given them... But I made him no reply; I looked towards Vera Nikolayevna... I wanted to hear what she would say. She got up, walked irresolutely towards the door, stood a moment in the doorway, and softly went out into the garden. I rushed after her. She was already some paces off; her dress was just visible, a white patch in the thick shadow.

"Well?" I called – "didn't you like it?"

She stopped.

"Can you leave me that book?" I heard her voice saying.

éсли что покáжется непонятным. Потóм я откáшлянулся… Приймков спросил меня, не нýжно ли мне воды с сáхаром и, по всемý мóжно было замéтить, остáлся óчень собóй довóлен, что сдéлал мне этот вопрóс. Я отказáлся. Глубóкое молчáние воцаря́лось. Я нáчал читáть, не поднимáя глаз; мне было нелóвко, сéрдце би́лось, и гóлос дрожáл. Пéрвое восклицáние сочýвствия вы́рвалось у нéмца, и в продолжéние чтéния он один нарушáл тишинý… «Удиви́тельно! возвы́шенно! – тверди́л он, и́зредка прибавля́я: – А вóт это глубоко». Приймков, как я мог замéтить, скучáл: по-немéцки понимáл он довóльно плóхо и сам сознавáлся, что стихóв не лю́бит!.. Вóльно ж было емý! Я за столóм хотéл было намекнýть, что чтéние мóжет обойти́сь без негó, да посóвестился. Вéра Николáевна не шевели́лась; рáза два я укрáдкой взгляну́л на неё: глазá её внимáтельно и пря́мо были устр   емлены́ на меня; её лицó мне показáлось блéдным. Пóсле пéрвой встрéчи Фáуста с Грéтхен онá отдели́лась от спи́нки крéсел, сложи́ла рýки и в такóм положéнии остáлась неподви́жной до концá. Я чýвствовал, что Приймкову тóшно приходи́лось, и это меня сперва́ охлаждáло, но понемнóгу я забы́л о нем, разгорячи́лся и читáл с жáром, с увлечéнием… Я читáл для однóй Вéры Николáевны: внýтренний гóлос говори́л мне, что «Фáуст» на неё дéйствует. Когдá я кóнчил (интермéццо я пропусти́л: эта штýка по манéре принадлежи́т уже ко вторóй чáсти; да из «Нóчи на Брóкене» я кóе-чтó вы́кинул)… когдá я кóнчил, когдá прозвучáло это послéднее «Гéнрих!» – нéмец с умилéнием произнёс: «Бóже! как прекрáсно!» Приймков, слóвно обрáдованный (бедня́к!) вскочи́л, вздохну́л и нáчал благодари́ть меня за достáвленное удовóльствие… Но я не отвечáл емý: я гляде́л на Вéру Николáевну… Я хотéл услыхáть, что онá скáжет. Онá встáла, подошлá нереши́тельными шагáми к двéри, постоя́ла на порóге и тихóнько вы́шла в сад. Я брóсился за ней вслед. Онá успéла уже отойти́ нéсколько шагóв; плáтье её чуть белéло в густóй тени́.

– Что же? – кри́кнул я, – вам не понрáвилось? Онá останови́лась.

– Мóжете вы остáвить мне эту кни́гу? – раздáлся её гóлос.

– Я вам её подарю́, Вéра Николáевна, éсли вы желáете имéть её.

"I will present it you, Vera Nikolayevna, if you care to have it."

"Thank you!" she answered, and disappeared.

Priyemkov and the German came up to me.

"How wonderfully warm it is!" observed Priyemkov; "it's positively stifling. But where has my wife gone?"

"Home, I think," I answered.

"I suppose it will soon be time for supper," he rejoined. "You read splendidly," he added, after a short pause.

"Vera Nikolayevna liked *Faust*, I think," said I.

"No doubt of it!" cried Priyemkov.

"Oh, of course!" chimed in Schimmel.

We went into the house.

"Where's your mistress?" Priyemkov inquired of a maid who happened to meet us.

"She has gone to her bedroom."

Priyemkov went off to her bedroom.

I went out on to the terrace with Schimmel. The old man raised his eyes towards the sky.

"How many stars!" he said slowly, taking a pinch of snuff; "and all are worlds," he added, and he took another pinch.

I did not feel it necessary to answer him, and simply gazed upwards in silence. A secret uncertainty weighed upon my heart... The stars, I fancied, looked down seriously at us. Five minutes later Priyemkov appeared and called us into the dining room. Vera Nikolayevna came in soon after. We sat down.

"Look at Verochka," Priyemkov said to me.

I glanced at her.

"Well? Don't you notice anything?"

I certainly did notice a change in her face, but I answered, I don't know why–

"No, nothing."

"Her eyes are red," Priyemkov went on.

– Благода́рствуйте! – отвеча́ла она́ и скры́лась.

При́имков и не́мец подошли́ ко мне.

– Как удиви́тельно тепло́! – заме́тил При́имков, – да́же ду́шно. Но куда́ жена́ пошла́?

– Ка́жется, домо́й, – отвеча́л я.

– Я ду́маю, ско́ро пора́ у́жинать, – возрази́л он. – Вы превосхо́дно чита́ете, – приба́вил он погодя́ немно́го.

– Ве́ре Никола́евне, ка́жется, понра́вился «Фа́уст», – проговори́л я.

– Без сомне́ния! – воскли́кнул При́имков.

– О, коне́чно! – подхвати́л Ши́ммель.

Мы пришли́ в дом.

– Где ба́рыня? – спроси́л При́имков у попа́вшейся нам навстре́чу го́рничной.

– В спа́льню пойти́ изво́лили.

При́имков отпра́вился в спа́льню. Я вы́шел на терра́су вме́сте с Ши́ммелем. Стари́к по́днял глаза́ к не́бу.

– Ско́лько звезд! – ме́дленно проговори́л он, поню́хав табаку́, – и э́то все миры́, – приба́вил он и поню́хал в друго́й ра́з.

Я не почёл за ну́жное отвеча́ть ему́ и то́лько мо́лча посмотре́л вверх. Та́йное недоуме́ние тяготи́ло мою́ ду́шу… Звёзды, мне каза́лось, серьёзно гляде́ли на нас. Мину́т че́рез пять яви́лся При́имков и позва́л нас в столо́вую. Ско́ро пришла́ и Ве́ра Никола́евна. Мы се́ли.

– Посмотри́те-ка на Ве́рочку, – сказа́л мне При́имков.

Я взгляну́л на неё.

– Что? ничего́ не замеча́ете?

Я действи́тельно заме́тил переме́ну в её лице́, но, не зна́ю почему́, отвеча́л:

– Нет, ничего́.

– Глаза́ у ней красны́, – продолжа́л При́имков.

Я промолча́л.

I was silent.

"Only fancy! I went upstairs to her and found her crying. It's a long while since such a thing has happened to her. I can tell you the last time she cried; it was when our Sasha died. You see what you have done with your *Faust*!" he added, with a smile."

"So you see now, Vera Nikolayevna," I began, "that I was right when–"

"I did not expect this," she interrupted me; "but God knows whether you are right. Perhaps that was the very reason my mother forbade my reading such books – she knew–"

Vera Nikolayevna stopped.

"What did she know?" I asked. "Tell me."

"What for? I'm ashamed of myself as it is; what did I cry for? But we'll talk about it another time. There was a great deal I did not quite understand."

"Why didn't you stop me?"

"I understood all the words, and the meaning of them, but–"

She did not finish her sentence, and looked away dreamily. At that instant there came from the garden the sound of rustling leaves, suddenly fluttering in the rising wind. Vera Nikolayevna started and looked round towards the open window.

"I told you there would be a storm!" cried Priyemkov. "But what made you start like that, Verochka?"

She glanced at him without speaking. A faint, far-off flash of lightning threw a mysterious light on her motionless face.

"It's all due to your *Faust*," Priyemkov went on. "After supper we must all go bye-bye. . . Mustn't we, Herr Schimmel?"

"After intellectual enjoyment, physical repose is as grateful as it is beneficial," responded the kind-hearted German, and he drank a wineglass of vodka.

First published in Russian: 1855
Translation by Constance Garnett

— Вообрази́те, я пришёл к ней наве́рх и застаю́ её: она́ пла́чет. Э́того с ней давно́ не случа́лось. Я вам могу́ оказа́ть, когда́ она́ в после́дний раз пла́кала: когда́ Са́ша у нас сконча́лась. Во́т что вы наде́лали с ва́шим «Фа́устом»! — приба́вил он с улы́бкой.

— Ста́ло быть, Ве́ра Никола́евна, — на́чал я, — вы тепе́рь ви́дите, что я был прав, когда́…

— Я э́того не ожида́ла, — переби́ла она́ меня́, — но бог ещё зна́ет, пра́вы ли вы. Мо́жет быть, оттого́ ма́тушка и запреща́ла мне чита́ть подо́бные кни́ги, что она́ зна́ла…

Ве́ра Никола́евна останови́лась.

— Что зна́ла? — повтори́л я. — Говори́те.

— К чему́? Мне и та́к со́вестно: о чём э́то я пла́кала? Впро́чем, мы ещё с ва́ми потолку́ем. Я мно́гое не совсе́м поняла́.

— Отчего́ же вы меня́ не останови́ли?

— Слова́-то я все поняла́ и смысл их, но…

Она́ не доко́нчила ре́чи и заду́малась. В э́то мгнове́ние из саду пронёсся шум ли́стьев, внеза́пно поколе́бленных налете́вшим ве́тром. Ве́ра Никола́евна вздро́гнула и поверну́лась лицо́м к раскры́тому окну́.

— Я вам говори́л, что бу́дет гроза́! — воскли́кнул При́имков. — А ты, Ве́рочка, чего́ э́то так вздра́гиваешь?

Она́ взгляну́ла на него́ мо́лча. Сла́бо и далеко́ сверкну́вшая мо́лния таи́нственно отрази́лась на её недви́жном лице́.

— Все по ми́лости «Фа́уста», — продолжа́л При́имков. — По́сле у́жина на́до бу́дет сейча́с на бокову́ю… не пра́вда ли, г. Шиммель?

— По́сле нра́вственного удово́льствия физи́ческий о́тдых сто́ль же благоде́телен, сколь поле́зен, — возрази́л до́брый не́мец и вы́пил рю́мочку во́дки.

Turgenev's first novel explored a type of ineffectual nineteenth-century Russian intellectual in the character of Rudin, described by one critic as a "Titan in word but a pygmy in deed." With his grandiose ideas but inability to act in life or in love, Rudin joined his predecessors in Pushkin's Onegin and Lermontov's Pechorin to become one of the three original "superfluous men" of Russian literature. The following excerpt is taken from the finale of the novel.

Rudin
Ivan Turgenev

The evening was spent in friendly and lively talk. They sat down to supper.

"Oh, by the way," inquired Lezhnyov of Bassistov, as he poured him out some Lafite, "do you know where Rudin is?"

"I don't know for certain now. He came last winter to Moscow for a short time, and then went with a family to Simbirsk. I corresponded with him for some time; in his last letter he informed me he was leaving Simbirsk – he did not say where he was going – and since then I have heard nothing of him."

"He is all right!" put in Pigasov. "He is staying somewhere sermonizing. That gentleman will always find two or three adherents everywhere, to listen to him open-mouthed and lend him money. You will see, he will end by dying in some out-of-the-way corner in the arms of an old maid in a wig, who will believe he is the greatest genius in the world."

"You speak very harshly of him," remarked Bassistov, in a displeased undertone.

Руди́н
Ива́н Турге́нев

Ве́чер прошёл в прия́тных и оживлённых разгово́рах. Се́ли за у́жин.

– Да, кста́ти, – спроси́л Лежне́в у Басисто́ва, налива́я ему́ лафи́ту, – вы зна́ете, где Руди́н?

– Тепе́рь наве́рное не зна́ю. Он приезжа́л про́шлой зимо́й в Москву́ на коро́ткое вре́мя, пото́м отпра́вился с одни́м семе́йством в Симби́рск; мы с ним не́которое вре́мя перепи́сывались: в после́днем письме́ своём он извеща́л меня́, что уезжа́ет из Симби́рска – не сказа́л куда́, – и во́т с тех по́р я ничего́ о нем не слы́шу.

– Не пропадёт! – подхвати́л Пигасо́в, – где-нибу́дь сиди́т да пропове́дует. Э́тот господи́н всегда́ найдёт себе́ двух и́ли трёх покло́нников, кото́рые бу́дут его́ слу́шать разиня рот и дава́ть ему́ взаймы́ де́ньги. Посмотри́те, он ко́нчит тем, что умрёт где-нибу́дь в Ца́ревококша́йске и́ли в Чухломе́ – на рука́х престаре́лой де́вы в парике́, кото́рая бу́дет ду́мать о нем как о гениа́льнейшем челове́ке в ми́ре...

– Вы о́чень ре́зко о нем отзыва́етесь, – заме́тил вполго́лоса и с неудово́льствием Баси́стов.

– Ничу́ть не ре́зко! – возрази́л Пигасо́в, – а соверше́нно справедли́во. По моему́ мне́нию, он про́сто не что ино́е, как лизоблю́д. Я забы́л вам

"Not a bit harshly," replied Pigasov; "but perfectly fairly. In my opinion, he is simply nothing but a sponge. I forgot to tell you," he continued, turning to Lezhnyov, "that I have made the acquaintance of that Terlakhov, with whom Rudin travelled abroad. Yes! Yes! What he told me of him, you cannot imagine – it's simply screaming! It's a remarkable fact that all Rudin's friends and admirers become in time his enemies."

"I beg you to except me from the number of such friends!" interposed Bassistov warmly.

"Oh, you – that's a different thing! I was not speaking of you."

"But what did Terlakhov tell you?" asked Alexandra Pavlovna.

"Oh, he told me a great deal; there's no remembering it all. But the best of all was an anecdote of what happened to Rudin. As he was incessantly developing – these gentlemen always are developing; other people simply sleep and eat; but they manage their sleeping and eating in the intervals of development; isn't that it, Mr. Bassistov?" Bassistov made no reply. "And so, as he was continually developing, Rudin arrived at the conclusion, by means of philosophy, that he ought to fall in love. He began to look about for a sweetheart worthy of such an astonishing conclusion. Fortune smiled upon him. He made the acquaintance of a very pretty French dressmaker. The whole incident occurred in a German town on the Rhine, observe. He began to go and see her, to take her various books, to talk to her of Nature and Hegel. Can you fancy the position of the dressmaker? She took him for an astronomer. However, you know he's not a bad-looking fellow – and a foreigner, a Russian, of course – he took her fancy. Well, at last he invited her to a rendezvous, and a very poetical rendezvous, in a boat on the river. The Frenchwoman agreed; dressed herself in her best and went out with him in a boat. So they spent two hours. How do you think he was occupied all that time? He patted the Frenchwoman on the head, gazed thoughtfully at the sky, and frequently repeated that he felt for her the tenderness of a father. The Frenchwoman went back home in a fury, and she herself told the story to Terlakhov afterwards! That's the kind of fellow he is."

And Pigasov broke into a loud laugh.

сказа́ть, – продолжа́л он, обраща́ясь к Лежне́ву, – ведь я познако́мился с э́тим Терлахо́вым, с кото́рым Руди́н за грани́цу е́здил. Ка́к же! ка́к же! Что он мне расска́зывал о нем, вы себе́ предста́вить не мо́жете – умо́ра про́сто! Замеча́тельно, что все друзья́ и после́дователи Руди́на со вре́менем стано́вятся его́ врага́ми.

– Прошу́ меня́ исключи́ть из числа́ таки́х друзей! – с жа́ром переби́л Баси́стов.

– Ну, вы – друго́е де́ло! О вас и ре́чи нет.

– А что́ тако́е вам расска́зывал Терлахо́в? – спроси́ла Алекса́ндра Па́вловна.

– Да мно́гое расска́зывал: всего́ не упо́мнишь. Но са́мый лу́чший вот како́й случи́лся с Руди́ным анекдо́т. Беспреры́вно развива́ясь (эти господа́ все развива́ются; други́е, наприме́р, про́сто спят и́ли едя́т, – а они́ нахо́дятся в моме́нте разви́тия спанья́ и́ли еды́; не та́к ли господи́н Баси́стов? – Баси́стов ничего́ не отве́тил)… Ита́к, развива́ясь постоя́нно, Руди́н дошёл путём филосо́фии до того́ умозаключе́ния, что ему́ должно́ влюби́ться. На́чал он оты́скивать предме́т, досто́йный тако́го удиви́тельного умозаключе́ния. Форту́на ему́ улыбну́лась. Познако́мился он с одно́й францу́женкой, прехоро́шенькой моди́сткой. Де́ло происходи́ло в одно́м неме́цком го́роде, на Ре́йне, заме́тьте. На́чал он ходи́ть к ней, носи́ть ей ра́зные кни́ги, говори́ть ей о приро́де и Ге́геле. Мо́жете себе́ предста́вить положе́ние моди́стки? Она́ счита́ла его́ за астроно́ма. Одна́ко, вы зна́ете, ма́лый он из себя́ ничего́; ну – иностра́нец, ру́сский – понра́вился. Вот, наконе́ц, назнача́ет он свида́ние, и о́чень поэти́ческое свида́ние: в гондо́ле на реке́. Францу́женка согласи́лась: приоде́лась полу́чше и пое́хала с ним в гондо́ле. Так они́ ката́лись ча́са два. Чем же, вы ду́маете, занима́лся он все э́то вре́мя? Гла́дил францу́женку по голове́, заду́мчиво гляде́л в не́бо и не́сколько раз повтори́л, что чу́вствует к ней оте́ческую не́жность. Францу́женка верну́лась домо́й взбешённая, и сама́ пото́м все рассказа́ла Терлахо́ву. Вот он како́й господи́н! И Пигасо́в засмея́лся.

"You old cynic!'said Alexandra Pavlovna in a tone of annoyance, "but I am more and more convinced that even those who attack Rudin cannot find any harm to say of him."

"No harm? Upon my word! And his perpetual living at other people's expense, his borrowing money…Mikhail Mikhailich, he borrowed of you too, no doubt, didn't he?"

"Listen, African Semyonich!" began Lezhnyov, and his face assumed a serious expression, "listen; you know, and my wife knows, that the last time I saw him I felt no special attachment for Rudin, and I even often blamed him. For all that (Lezhnyov filled up the glasses with champagne) this is what I suggest to you now; we have just drunk to the health of my dear brother and his future bride; I propose that you drink now to the health of Dmitri Rudin!"

Alexandra Pavlovna and Pigasov looked in astonishment at Lezhnyov, but Bassistov sat wide-eyed, blushing and trembling all over with delight.

"I know him well," continued Lezhnyov, "I am well aware of his faults. They are the more conspicuous because he himself is not on a small scale."

"Rudin has character, genius!" cried Bassistov.

"Genius, very likely he has!" replied Lezhnyov, "but as for character… That's just his misfortune, that there's no character in him… But that's not the point. I want to speak of what is good, of what is rare in him. He has enthusiasm; and believe me, who is enough of a phlegmatic person, that is the most precious quality in our times. We have all become insufferably reasonable, indifferent, and slothful; we are asleep and cold, and thanks to anyone who will wake us up and warm us! It is high time! Do you remember, Sasha, once when I was talking to you about him, I blamed him for coldness? I was right, and wrong too, then. The coldness is in his blood – that is not his fault – and not in his head. He is not an actor, as I called him, nor a cheat, nor a scoundrel; he lives at other people's expense, not like a swindler, but like a child…Yes; no doubt he will die somewhere in poverty and want; but are we to throw stones at him for that? He never does anything himself precisely, he has no vital force, no blood; but who has the

– Вы ста́рый ци́ник! – заме́тила с доса́дой Алекса́ндра Па́вловна, – а я бо́лее и бо́лее убежда́юсь в том, что про Рудина́ да́же те, кото́рые его́ браня́т, ничего́ дурно́го сказа́ть не мо́гут.

– Ничего́ дурно́го? Поми́луйте! а его́ ве́чное житьё на чужо́й счёт, его́ за́ймы… Миха́йло Миха́йлыч! ведь он и у вас, наве́рное, занима́л?

– Послу́шайте, Африка́н Семе́ныч! – на́чал Лежнев, и лицо́ его́ приняло серьёзное выраже́ние, – послу́шайте: вы зна́ете, и жена́ моя́ зна́ет, что я в после́днее вре́мя осо́бенного расположе́ния к Рудину́ не чу́вствовал и да́же ча́сто осужда́л его́. Со всем тем (Лежне́в разли́л шампа́нское по бока́лам) вот что я вам предлага́ю: мы сейча́с пи́ли за здоро́вье дорого́го на́шего бра́та и его́ неве́сты; я предлага́ю вам вы́пить тепе́рь за здоро́вье Дми́трия Рудина́! Алекса́ндра Па́вловна и Пигасо́в с изумле́нием посмотре́ли на Лежне́ва, а Баси́стов встрепену́лся весь, покрасне́л от ра́дости и глаза́ вы́таращил.

– Я зна́ю его́ хорошо́, – продолжа́л Лежне́в, – недоста́тки его́ мне хорошо́ изве́стны. Они́ тем бо́лее выступа́ют нару́жу, что сам он не ме́лкий челове́к.

– Руди́н – гениа́льная нату́ра! – подхвати́л Баси́стов.

– Гениа́льность в нем, пожа́луй, есть, – возрази́л Лежне́в, – а нату́ра… В том-то вся его́ беда́, что нату́ры-то, со́бственно, в нем нет… Но не в э́том де́ло. Я хочу́ говори́ть о том, что в нем есть хоро́шего, ре́дкого. В нем есть энтузиа́зм; а э́то, пове́рьте мне, флегмати́ческому челове́ку, са́мое драгоце́нное ка́чество в на́ше вре́мя. Мы все ста́ли невыноси́мо рассуди́тельны, равноду́шны и вя́лы; мы засну́ли, мы засты́ли, и спаси́бо тому́, кто хоть на ми́г нас расшевели́т и согре́ет! Пора́! По́мнишь, Са́ша, я раз говори́л с тобо́й о нем и упрека́л его́ в хо́лодности. Я был и прав и непра́в тогда́. Хо́лодность э́та у него́ в крови́ – э́то не его́ вина́, – а не в голове́. Он не актёр, как я называ́л его́, не надува́ло, не плут; он живёт на чужо́й счёт не как проны́ра, а как ребёнок… Да, он действи́тельно умрёт где-нибудь в нищете́ и в бе́дности; но неуже́ли ж и за э́то пуска́ть в него́ ка́мнем? Он не сде́лает сам ничего́ и́менно потому́, что в нем нату́ры, кро́ви нет; но кто впра́ве сказа́ть, что он не принесёт, не принёс уже

right to say that he has not been of use? That his words have not scattered good seeds in young hearts, to whom nature has not denied, as she has to him, powers for action, and the faculty of carrying out their own ideas? Indeed, I myself, to begin with, have gained all that from him... Sasha knows what Rudin did for me in my youth. I also maintained, I recollect, that Rudin's words could not produce an effect on men; but I was speaking then of men like myself, at my present age, of men who have already lived and been broken in by life. One false note in a man's eloquence, and the whole harmony is spoiled for us; but a young man's ear, happily, is not so over-fine, not so trained. If the substance of what he hears seems fine to him, what does he care about the intonation! The intonation he will supply for himself!"

"Bravo, bravo!" cried Bassistov, "that is justly spoken! And as regards Rudin's influence, I swear to you, that man not only knows how to move you, he lifts you up, he does not let you stand still, he stirs you to the depths and sets you on fire!"

"You hear?" continued Lezhnyov, turning to Pigasov; "what further proof do you want? You attack philosophy; speaking of it, you cannot find words contemptuous enough. I myself am not excessively devoted to it, and I know little enough about it; but our principal misfortunes do not come from philosophy! The Russian will never be infected with philosophical hair-splittings and nonsense; he has too much common sense for that; but we must not let every sincere effort after truth and knowledge be attacked under the name of philosophy. Rudin's misfortune is that he does not understand Russia, and that, certainly, is a great misfortune. Russia can do without every one of us, but not one of us can do without her. Woe to him who thinks he can, and woe twofold to him who actually does do without her! Cosmopolitanism is all twaddle, the cosmopolitan is a nonentity – worse than a nonentity; without nationality there is no art, nor truth, nor life, nor anything. You cannot even have an ideal face without individual expression; only a vulgar face can be devoid of it. But I say again, that is not Rudin's fault; it is his fate – a cruel and unhappy fate – for which we cannot

пользы? что его слова не заронили много добрых семян в молодые души, которым природа не отказала, как ему, в силе деятельности, в умении исполнять собственные замыслы? Да я сам, я первый, все это испытал на себе… Саша знает, чем был для меня в молодости Рудин. Я, помнится, также утверждал, что слова Рудина не могут действовать на людей; но я говорил тогда о людях, подобных мне, в теперешние мои годы, о людях, уже поживших и поломанных жизнью. Один фальшивый звук в речи — и вся её гармония для нас исчезла; а в молодом человеке, к счастью, слух ещё не так развит, не так избалован. Если сущность того, что он слышит, ему кажется прекрасной, что ему за дело до тона! Тон он сам в себе найдёт.

— Браво! браво! — воскликнул Басистов, — как это справедливо сказано! А что касается до влияния Рудина, клянусь вам, этот человек не только умел потрясти тебя, он с места тебя сдвигал, он не давал тебе останавливаться, он до основания переворачивал, зажигал тебя!

— Вы слышите? — продолжал Лежнёв, обращаясь к Пигасову, — какого вам ещё доказательства нужно? Вы нападаете на философию; говоря о ней, вы не находите довольно презрительных слов. Я сам её не больно жалую и плохо её понимаю: но не от философии наши главные невзгоды! Философические хитросплетения и бредни никогда не привьются к русскому: на это у него слишком много здравого смысла; но нельзя же допустить, чтобы под именем философии нападали на всякое честное стремление к истине и к сознанию. Несчастье Рудина состоит в том, что он России не знает, и это точно большое несчастье. Россия без каждого из нас обойтись может, но никто из нас без неё не может обойтись. Горе тому, кто это думает, двойное горе тому, кто действительно без неё обходится! Космополитизм — чепуха, космополит — нуль, хуже нуля; вне народности ни художества, ни истины, ни жизни, ничего нет. Без физиономии нет даже идеального лица; только пошлое лицо возможно без физиономии. Но опять-таки скажу, это не вина Рудина: это его судьба, судьба горькая и тяжёлая, за которую мы-то уж винить его не станем. Нас бы очень далеко повело, если бы мы хотели разобрать, отчего у нас являются Рудины. А за

blame him. It would take us too far if we tried to trace why Rudins spring up among us. But for what is fine in him, let us be grateful to him. That is pleasanter than being unfair to him, and we have been unfair to him. It's not our business to punish him, and it's not needed; he has punished himself far more cruelly than he deserved. And God grant that unhappiness may have blotted out all the harm there was in him, and left only what was fine! I drink to the health of Rudin! I drink to the comrade of my best years, I drink to youth, to its hopes, its endeavors, its faith, and its honesty, to all that our hearts beat for at twenty; we have known, and shall know, nothing better than that in life… I drink to that golden time – to the health of Rudin!"

First published in Russian: 1856
Translation by Constance Garnett

то, что в нем есть хоро́шего, бу́дем же ему́ благода́рны. Э́то ле́гче, чем быть несправедли́вым к нему́, а мы бы́ли к нему́ несправедли́вы. Нака́зывать его́ не на́ше де́ло, да и не ну́жно: он сам себя́ наказа́л гора́здо жесто́че, чем заслу́живал… И дай бог, что́бы несча́стье вы́травило из него́ все дурно́е и оста́вило одно́ прекра́сное в нем! Пью за здоро́вье Руди́на! Пью за здоро́вье това́рища мои́х лу́чших годо́в, пью за мо́лодость, за её наде́жды, за её стремле́ния, за её дове́рчивость и че́стность, за все то, от чего́ и в два́дцать лет би́лись на́ши сердца́, и лу́чше чего́ мы всё-таки ничего́ не узна́ли и не узна́аем в жи́зни… Пью за тебя́, золото́е вре́мя, пью за здоро́вье Руди́на!

Alternately translated as *A Nest of Gentlefolk* or *Home of the Gentry*, Turgenev's 1859 novel, about a nobleman named Lavretsky who falls in love with the religious Lisa, was the author's least controversial and most widely read work published during his lifetime. It also became the subject of a bitter feud with fellow writer Ivan Goncharov, who accused Turgenev of plagiarizing the storyline from his own ideas.

A House of Gentlefolk
Ivan Turgenev

The next day Lavretsky got up rather early, had a talk with the village bailiff, visited the threshing-floor, ordered the chain to be taken off the yard dog, who only barked a little but did not even come out of his kennel, and returning home, sank into a kind of peaceful torpor, which he did not shake off the whole day.

"Here I am at the very bottom of the river," he said to himself more than once. He sat at the window without stirring, and, as it were, listened to the current of the quiet life surrounding him, to the few sounds of the country solitude. Something from behind the nettles chirps with a shrill, shrill little note; a gnat seems to answer it. Now it has ceased, but still the gnat keeps up its sharp whirr; across the pleasant, persistent, fretful buzz of the flies sounds the hum of a big bee, constantly knocking its head against the ceiling; a cock crows in the street, hoarsely prolonging the last note; there is the rattle of a cart; in the village a gate is creaking. Then the jarring voice of a peasant woman, "What?" "Hey, you are my little sweetheart," cries Anton to the little two-year-old girl he is dandling in his arms. "Fetch the kvass," repeats the same woman's voice, and all at once there follows a

Дворя́нское гнездо́
Ива́н Турге́нев

На друго́й день Лавре́цкий встал дово́льно ра́но, потолкова́л со ста́ростой, побыва́л на гумне́, веле́л снять цепь с дворо́вой соба́ки, кото́рая то́лько пола́яла немно́го, но да́же не отошла́ от свое́й конуры́, – и, верну́вшись домо́й, погрузи́лся в како́е-то ми́рное оцепене́ние, из кото́рого не выходи́л це́лый день.

«Вот когда́ я попа́л на самое дно реки́», – сказа́л он самому́ себе́ не одна́жды. Он сиде́л под окно́м, не шевели́лся и сло́вно прислу́шивался к тече́нью ти́хой жи́зни, кото́рая его́ окружа́ла, к ре́дким зву́кам дереве́нской глуши́. Вот где́-то за крапи́вой кто-то напева́ет то́нким-то́нким голоско́м; кома́р сло́вно вто́рит ему́. Вот он переста́л, а кома́р всё пищи́т; сквозь дру́жное, назо́йливо жа́лобное жужжа́нье мух, раздаётся гуде́нье то́лстого шмеля́, кото́рый то и де́ло стучи́тся голово́й о потоло́к; пету́х на у́лице закрича́л, хри́пло вытя́гивая после́днюю но́ту, простуча́ла теле́га, на дере́вне скрыпя́т воро́та. «Чего́?» – задребезжа́л вдруг ба́бий голос. «Ох ты, мой суда́рик», – говори́т Анто́н двухле́тней де́вочке, кото́рую ня́нчит на рука́х. «Квас неси́», – повторя́ет тот же ба́бий го́лос, – и вдруг нахо́дит тишина́ мёртвая; ничто́ не сту́кнет, не шелохнётся;

deathly silence; nothing rattles, nothing is moving; the wind is not stirring a leaf; without a sound the swallows fly one after another over the earth, and sadness weighs on the heart from their noiseless flight.

"Here I am at the very bottom of the river," thought Lavretsky again. "And always, at all times, life here is quiet, unhasting," he thought; "whoever comes within its circle must submit; here there is nothing to agitate, nothing to harass; one can only get on here by making one's way slowly, as the ploughman cuts the furrow with his plough. And what vigor, what health abound in this inactive place! Here under the window the sturdy burdock creeps out of the thick grass; above it the lovage trails its juicy stalks, and the Virgin's tears fling still higher their pink tendrils; and yonder further in the fields is the silky rye, and the oats are already in ear, and every leaf on every tree, every grass on its stalk is spread to its fullest width. In the love of a woman my best years have gone by," Lavretsky went on thinking, "let me be sobered by the sameness of life here, let me be soothed and made ready, so that I may learn to do my duty without haste." And again he fell to listening to the silence, expecting nothing – and at the same time constantly expecting something; the silence enfolded him on all sides, the sun moved calmly in the peaceful blue sky, and the clouds sailed calmly across it; they seemed to know why and whither they were sailing. At this same time in other places on the earth there is the seething, the bustle, the clash of life; life here slipped by noiseless, as water over marshy grass; and even till evening Lavretsky could not tear himself from the contemplation of this life as it passed and glided by; sorrow for the past was melting in his soul like snow in spring, and strange to say, never had the feeling of home been so deep and strong within him.

The next morning the master of the house and his guest drank tea in the garden under an old time-tree.

ве́тер листко́м не шевельнёт; ла́сточки несу́тся без кри́ка одна́ за друго́й по земле́, и печа́льно стано́вится на душе́ от их безмо́лвного налёта.

«Вот когда́ я на дне реки́, – ду́мает опя́ть Лавре́цкий. – И всегда́, во вся́кое вре́мя тиха́ и неспе́шна здесь жизнь, – ду́мает он, – кто вхо́дит в её круг – покоря́йся: здесь не́зачем волнова́ться, не́чего мути́ть; здесь то́лько тому́ и уда́ча, кто прокла́дывает свою́ тропи́нку не торопя́сь, как па́харь борозду́ плу́гом. И кака́я си́ла круго́м, како́е здоро́вье в э́той безде́йственной тиши́! Вот тут, под окно́м, корена́стый лопу́х ле́зет из густо́й травы́; над ним вытя́гивает зоря́ свой со́чный сте́бель, богоро́дицыны слёзки ещё вы́ше выки́дывают свои́ ро́зовые ку́дри; а там, да́льше, в поля́х, лосни́тся рожь, и овёс уже́ пошёл в тру́бочку, и ши́рится во всю́ ширину́ свою́ ка́ждый лист на ка́ждом де́реве, ка́ждая тра́вка на своём сте́бле. На же́нскую любо́вь ушли́ мои́ лу́чшие года́, – продолжа́ет ду́мать Лавре́цкий, – пусть же вы́трезвит меня́ здесь ску́ка, пусть успоко́ит меня́, подгото́вит к тому́, что́бы и я уме́л не спеша́ де́лать де́ло», И он сно́ва принима́ется прислу́шиваться к тишине́, ничего́ не ожида́я – и в то же вре́мя как бу́дто беспреста́нно ожида́я чего́-то; тишина́ обнима́ет его́ со всех сторо́н, со́лнце ка́тится ти́хо по споко́йному си́нему не́бу, и облака́ ти́хо плыву́т по нем; ка́жется, они́ зна́ют, куда́ и заче́м они́ плыву́т. В то са́мое вре́мя в други́х места́х на земле́ кипе́ла, торопи́лась, грохота́ла жизнь; здесь та́ же жизнь текла́ неслы́шно, как вода́ по боло́тным тра́вам; и до са́мого ве́чера Лавре́цкий не мог оторва́ться от созерца́ния э́той уходя́щей, утека́ющей жи́зни; скорбь о проше́дшем та́яла в его́ душе́, как весе́нний снег, и – стра́нное де́ло! – никогда́ не́ было в нем так глубоко́ и си́льно чу́вство ро́дины.

На друго́е у́тро хозя́ин и гость пи́ли чай в саду́ под ста́рой ли́пой.

– Маэ́стро! – сказа́л, ме́жду про́чим, Лавре́цкий, – вам придётся ско́ро сочиня́ть торже́ственную канта́ту.

"Master!" said Lavretsky among other things, "you will soon have to compose a triumphal cantata."

"On what occasion?"

"For the nuptials of Mr. Panshin and Lisa. Did you notice what attention he paid her yesterday? It seems as though things were in a fair way with them already."

"That will never be!" cried Lemm.

"Why?"

"Because it is impossible. Though, indeed," he added after a short pause, "everything is possible in this world. Especially here among you in Russia."

"We will leave Russia out of the question for a time; but what do you find amiss in this match?"

"Everything is amiss, everything. Lisaveta Mikhailovna is a girl of high principles, serious, of lofty feelings, and he... he is a dilettante, in a word."

"But suppose she loves him"

Lemm got up from the bench.

"No, she does not love him, that is to say, she is very pure in heart, and does not know herself what it means... love. Madame von Kalitin tells her that he is a fine young man, and she obeys Madame von Kalitin because she is still quite a child, though she is nineteen; she says her prayers in the morning and in the evening – and that is very well; but she does not love him. She can only love what is beautiful, and he is not, that is, his soul is not beautiful."

Lemm uttered this whole speech coherently, and with fire, walking with little steps to and fro before the tea-table, and running his eyes over the ground.

"Dearest maestro!" cried Lavretsky suddenly, "it strikes me you are in love with cousin yourself."

Lemm stopped short all at once.

"I beg you," he began in an uncertain voice, "do not make fun of me like that. I am not crazy; I look towards the dark grave, not towards a rosy future."

– По како́му слу́чаю?

– А по слу́чаю бракосочета́ния господи́на Па́ншина с Ли́зой. Заме́тили ли вы, как он вчера́ за ней уха́живал? Ка́жется, у них уже́ всё идёт на лад.

– Э́того не бу́дет! – воскли́кнул Лемм.

– Почему́?

– Потому́ что э́то невозмо́жно. Впро́чем, – приба́вил он погодя́ немно́го, – на све́те всё возмо́жно. Осо́бенно здесь у вас, в Росси́и.

– Росси́ю мы оста́вим пока́ в стороне́; но что́ же дурно́го нахо́дите вы в э́том бра́ке?

– Всё ду́рно, всё. Лизаве́та Миха́йловна деви́ца справедли́вая, серьёзная, с возвы́шенными чу́вствами, а он... он ди-ле-тант, одни́м сло́вом.

– Да ведь она́ его́ лю́бит?

Лемм встал со скаме́йки.

– Нет, она́ его́ не лю́бит, то́ есть она́ о́чень чиста́ се́рдцем и не зна́ет сама́, что э́то зна́чит: люби́ть. Мада́м фон-Кали́тин ей говори́т, что он хоро́ший молодо́й челове́к, а она́ слу́шается мада́м фон-Кали́тин, потому́ что она́ ещё совсе́м дитя́, хоть ей и девятна́дцать лет: мо́лится у́тром, мо́лится ве́чером, – и э́то о́чень похва́льно; но она́ его́ не лю́бит. Она́ мо́жет люби́ть одно́ прекра́сное, а он не прекра́сен, то́ есть душа́ его́ не прекра́сна.

Лемм произнёс всю э́ту речь свя́зно и с жа́ром, расха́живая ма́ленькими шага́ми взад и вперёд перед ча́йным сто́ликом и бе́гая глаза́ми по земле́.

– Дража́йший маэ́стро! – воскли́кнул вдруг Лавре́цкий, – мне сдаётся, что вы са́ми влюблены́ в мою́ кузи́ну.

Лемм вдруг останови́лся.

– Пожа́луйста, – на́чал он неве́рным го́лосом, – не шути́те так надо мно́ю. Я не безу́мец: я в тёмную моги́лу гляжу́, не в ро́зовую бу́дущность.

Лавре́цкому ста́ло жаль старика́; он попроси́л у него́ проще́ния. Лемм по́сле ча́я сыгра́л ему́ свою́ канта́ту, а за обе́дом, вы́званный

Lavretsky felt sorry for the old man; he begged his pardon. After morning tea, Lemm played him his cantata, and after dinner, at Lavretsky's initiative, there was again talk of Lisa. Lavretsky listened to him with attention and curiosity.

"What do you say, Christopher Fyodorich," he said at last, "you see everything here seems in good order now, and the garden is in full bloom, couldn't we invite her over here for a day with her mother and my old aunt... eh? Would you like it?"

Lemm bent his head over his plate.

"Invite her," he murmured, scarcely audibly.

"But Panshin isn't wanted?"

"No, he isn't wanted," rejoined the old man with an almost child-like smile.

Two days later Fyodor Ivanich set off to the town to see the Kalitins.

First published in Russian: 1859
Translation by Constance Garnett

самим Лаврецким, опять разговорился о Лизе. Лаврецкий слушал его со вниманием и любопытством.

— Как вы думаете, Христофор Федорыч, — сказал он наконец, — ведь у нас теперь, кажется, всё в порядке, сад в полном цвету... Не пригласить ли её сюда на день вместе с её матерью и моей старушкой-тёткой, а? Вам это будет приятно?

Лемм наклонил голову над тарелкой.

— Пригласите, — проговорил он чуть слышно.

— А Паншина не надобно?

— Не надобно, — возразил старик с почти детской улыбкой.

Два дня спустя Фёдор Иваныч отправился в город к Калитиным.

Turgenev delivered the following speech on January 10, 1860, at a public benefit for literary figures and scientists. It has since come to be seen as a classic text of literary criticism, and presents the fundamental thoughts on human nature that underpin much of Turgenev's work. The superb first translation of the essay, excerpted here, was published in 1907, in the review journal *Current Literature*.

Hamlet and Don Quixote

Ivan Turgenev

The first edition of Shakespeare's tragedy, *Hamlet,* and the first part of Cervantes' *Don Quixote* appeared in the same year at the very beginning of the seventeenth century. This coincidence seems to me significant... it seems to me that in these two types are embodied two opposite fundamental peculiarities of man's nature – the two ends of the axis about which it turns. I think that all people belong, more or less, to one of these two types; that nearly every one of us resembles either Don Quixote or Hamlet. In our day, it is true, the Hamlets have become far more numerous than the Don Quixotes, but the Don Quixotes have not become extinct.

Let me explain.

All people live – consciously or unconsciously – on the strength of their principles, their ideals; that is, by virtue of what they regard as truth, beauty, and goodness. Many get their ideal all ready-made, in definite, historically-developed forms. They live trying to square their lives with this ideal, deviating from it at times, under the influence of passions or incidents,

Га́млет и До́н-Кихо́т

Ива́н Турге́нев

Мы сказа́ли, что одновреме́нное появле́ние «До́н-Кихо́та» и «Га́млета» нам показа́лось знамена́тельным. Нам показа́лось, что в э́тих двух ти́пах воплощены́ две коренны́е, противополо́жные осо́бенности челове́ческой приро́ды – о́ба конца́ той о́си, на кото́рой она́ ве́ртится. Нам показа́лось, что все лю́ди принадлежа́т бо́лее и́ли ме́нее к одному́ из э́тих двух ти́пов; что почти́ ка́ждый из нас сбива́ется ли́бо на До́н-Кихо́та, ли́бо на Га́млета. Пра́вда, в на́ше вре́мя Га́млетов ста́ло гора́здо бо́лее, чем До́н-Кихо́тов; но и До́н-Кихо́ты не перевели́сь.

Объясни́мся.

Все лю́ди живу́т – созна́тельно и́ли бессозна́тельно – в си́лу своего́ при́нципа, своего́ идеа́ла, т. е. в си́лу того́, что они́ почита́ют пра́вдой, красото́ю, добро́м. Мно́гие получа́ют свой идеа́л уже́ соверше́нно гото́вым, в определённых, истори́чески сложи́вшихся фо́рмах; они́ живу́т, сообража́я жизнь свою́ с э́тим идеа́лом, иногда́ отступа́я от него́ под влия́нием страсте́н и́ли случа́йностей, – но они́ не рассужда́ют о

but neither reasoning about it nor questioning it. Others, on the contrary, subject it to the analysis of their own reason. Be this as it may, I think I shall not err too much in saying that for all people this ideal – this basis and aim of their existence – is to be found either outside of them or within them; in other words, for every one of us it is either his own *I* that forms the primary consideration or something else which he considers superior. I may be told that reality does not permit of such sharp demarcations; that in the very same living being both considerations may alternate, even becoming fused to a certain extent. But I do not mean to affirm the impossibility of change and contradiction in human nature; I wish merely to point out two different attitudes of man to his ideal. And now I will endeavor to show in what way, to my mind, those two different relations are embodied in the two types I have selected.

Let us begin with Don Quixote.

What does Don Quixote represent? We shall not look at him with the cursory glance that stops at superficialities and trifles. We shall not see in Don Quixote merely "the Knight of the sorrowful figure" – a figure created for the purpose of ridiculing the old-time romances of knighthood. It is known that the meaning of this character has expanded under its immortal creator's own hand, and that the Don Quixote of the second part of the romance is an amiable companion to dukes and duchesses, a wise preceptor to the squire-governor – no longer the Don Quixote he appears in the first part, especially at the beginning of the work; not the odd and comical crank, who is constantly belabored by a rain of blows. I will endeavor, therefore, to go to the very heart of the matter. I repeat: what does Don Quixote represent?

Faith, in the first place; faith in something eternal, immutable; faith in the truth, in short, existing *outside* of the individual, which cannot easily be

нем, не сомнева́ются в нем; други́е, напро́тив, подверга́ют его́ ана́лизу со́бственной мы́сли. Как бы то ни́ было, мы, ка́жется, не сли́шком ошибёмся, е́сли ска́жем, что для всех люде́й э́тот идеа́л, э́та осно́ва и цель их существова́ния нахо́дится ли́бо вне́ их, ли́бо в них сами́х: други́ми слова́ми, для ка́ждого из нас ли́бо со́бственное «я» стано́вится на пе́рвом ме́сте, ли́бо не́что друго́е, при́знанное им за вы́сшее. Нам мо́гут возрази́ть, что действи́тельность не допуска́ет таки́х ре́зких разграниче́ний, что в одно́м и том же живо́м существе́ о́ба воззре́ния мо́гут чередова́ться, да́же слива́ться до не́которой сте́пени; но мы и не ду́мали утвержда́ть невозмо́жное! т.е. измене́ний и противоре́чий в челове́ческой приро́де; мы хоте́ли то́лько указа́ть на два разли́чные отноше́ния челове́ка к своему́ идеа́лу – и мы тепе́рь постара́емся предста́вить, каки́м о́бразом, по на́шему поня́тию, э́ти два разли́чные отноше́ния воплоти́лись в двух и́збранных на́ми ти́пах.

Начнём с До́н-Кихо́та.

Что выража́ет собо́ю До́н-Кихо́т? Взгля́нем на него́ не тем торопли́вым взгля́дом, кото́рый остана́вливается на пове́рхностях и мелоча́х. Не бу́дем ви́деть в До́н-Кихо́те одного́ лишь ры́царя печа́льного о́браза, фигу́ру, со́зданную для осмея́ния стари́нных ры́царских рома́нов; изве́стно, что значе́ние э́того лица́ расши́рилось под со́бственного руко́ю его́ бессме́ртного творца́ и что До́н-Кихо́т второ́й ча́сти, любе́зный собесе́дник ге́рцогов и герцоги́нь, му́дрый наста́вник оружено́сца-губерна́тора, – уже́ не тот До́н-Кихо́т, каки́м он явля́ется нам в пе́рвой ча́сти рома́на, осо́бенно в нача́ле, не тот стра́нный и смешно́й чуда́к, на кото́рого так ще́дро сы́плются уда́ры; а потому́ попыта́емся прони́кнуть до са́мой су́щности де́ла. Повторя́ем: что выража́ет собо́ю До́н-Кихо́т?

Ве́ру пре́жде всего́; ве́ру в не́что ве́чное, незы́блемое, в и́стину, одни́м сло́вом, в и́стину, находя́щуюся вне отде́льного челове́ка, но легко́ ему́

attained by him, but which is attainable only by constant devotion and the power of self-abnegation. Don Quixote is entirely consumed with devotion to his ideal, for the sake of which he is ready to suffer every possible privation and to sacrifice his life; his life itself he values in so far as it can become a means for the incarnation of the ideal, for the establishment of truth and justice on earth. I may be told that this ideal is borrowed by his disordered imagination from the fanciful world of knightly romance. Granted – and this makes up the comical side of Don Quixote; but the ideal itself remains in all its immaculate purity. To live for one's self, Don Quixote would consider shameful. He lives – if I may so express myself – outside of himself, entirely for others, for his brethren, in order to abolish evil, to counteract the forces hostile to mankind – wizards, giants, in a word, the oppressors. There is no trace of egotism in him; he is not concerned with himself, he is wholly a self-sacrifice – appreciate this word; he believes, believes firmly, and without circumspection. Therefore he is fearless, patient, content with the humblest fare, with the poorest clothes – what cares he for such things! Timid of heart, he is in spirit great and brave; his touching piety does not restrict his freedom; a stranger to variety, he doubts not himself, his vocation, or even his physical prowess; his will is indomitable. The constant aiming after the same end imparts a certain monotonousness to his thoughts and one-sidedness to his mind. He knows little, but need not know much; he knows what he is about, why he exists on Earth, – and this is the chief sort of knowledge. Don Quixote may seem to be either a perfect madman, since the most indubitable materialism vanishes before his eye, melts like tallow before the fire of his enthusiasm (he really does see living Moors in the wooden puppets, and knights in the sheep); or shallow-minded, because he is unable lightly to sympathize or lightly to enjoy; but, like an ancient tree, he sends his roots deep into the soil, and can neither change

даю́щуюся, тре́бующую служе́ния н же́ртв, но досту́пную постоя́нству служе́ния и си́ле же́ртвы. До́н-Кихо́т прони́кнут весь пре́данностью к идеа́лу, для кото́рого он гото́в подверга́ться всевозмо́жным лише́ниям, же́ртвовать жи́знию; са́мую жизнь свою́ он це́нит насто́лько, наско́лько она́ мо́жет служи́ть сре́дством к воплоще́нию идеа́ла, к водворе́нию и́стины, справедли́вости на земле́. Нам ска́жут, что идеа́л э́тот поче́рпнут расстро́енным его́ воображе́нием из фантасти́ческого ми́ра ры́царских рома́нов; согла́сны – ив э́том-то состои́т коми́ческая сторона́ До́н-Кихо́та; но са́мый идеа́л остаётся во всей свое́й нетро́нутой чистоте́. Жить для себя́, забо́титься о себе́ – До́н-Кихо́т почёл бы посты́дным. Он весь живёт (е́сли так мо́жно вы́разиться) вне себя́, для други́х, для свои́х бра́тьев, для истребле́ния зла, для противоде́йствия враждéбным челове́честву си́лам – волше́бникам, велика́нам, т. е. притесни́телям. В нем нет и сле́да эгои́зма, он не забо́тится о себе́, он весь самопоже́ртвование – оцени́те э́то сло́во! – он ве́рит, ве́рит кре́пко и без огля́дки. Оттого́ он бесстра́шен, терпели́в, дово́льствуется са́мой ску́дной пи́щей, са́мой бе́дной оде́ждой: ему́ не до того́. Смирённый се́рдцем, он ду́хом вели́к и смел; умили́тельная его́ на́божность не стесня́ет его́ свобо́ды; чу́ждый тщесла́вия, он не сомнева́ется в себе́, в своём призва́нии, да́же в свои́х физи́ческих си́лах; во́ля его́ – непрекло́нная во́ля. Постоя́нное стремле́ние к одно́й и той же це́ли придаёт не́которое однообра́зие его́ мы́слям, односторо́нность его́ уму́; он зна́ет мало, да ему́ и не ну́жно мно́го знать: он зна́ет, в чём его́ де́ло, заче́м он живёт на земле́, а э́то – гла́вное зна́ние. До́н-Кихо́т мо́жет показа́ться то соверше́нным безу́мцем, потому́ что са́мая несомне́нная веще́ственность исчеза́ет пе́ред его́ глаза́ми, та́ет как воск от огня́ его́ энтузиа́зма (он действи́тельно ви́дит живы́х ма́вров в деревя́нных ку́клах, ры́царей в бара́нах), то ограни́ченным, потому́ что он не уме́ет ни легко́ сочу́вствовать, ни легко́ наслажда́ться; но он, как долгове́чное де́рево,

his convictions nor pass from one subject to another. The stronghold of his moral constitution (note that this demented, wandering knight is everywhere and on all occasions the moral being) lends especial weight and dignity to all his judgments and speeches, to his whole figure, despite the ludicrous and humiliating situations into which he endlessly falls. Don Quixote is an enthusiast, a servant of an idea, and therefore is illuminated by its radiance.

Now what does Hamlet represent?

Analysis, first of all, and egotism, and therefore incredulity. He lives entirely for himself; he is an egotist. But even an egotist cannot believe in himself. We can only believe in that which is outside of and above ourselves. But this *I*, in which he does not believe, is dear to Hamlet. This is the point of departure, to which he constantly returns, because he finds nothing in the whole universe to which he can cling with all his heart. He is a skeptic, and always pothers about himself; he is ever busy, not with his duty, but with his condition. Doubting everything, Hamlet, of course, spares not himself; his mind is too much developed to be satisfied with what he finds within himself. He is conscious of his weakness; but even this self-consciousness is power: from it comes his irony, in contrast with the enthusiasm of Don Quixote. Hamlet delights in excessive self-deprecation. Constantly concerned with himself, always a creature of introspection, he knows minutely all his faults, scorns himself, and at the same time lives, so to speak, nourished by this scorn. He has no faith in himself, yet he is vainglorious; he knows not what he wants nor why he lives, yet he is attached to life. He exclaims:

> "O that the Everlasting had not fix'd
> His canon 'gainst self-slaughter...
> Most weary, stale, flat, and unprofitable
> Seem to me all the uses of this world."

пустил глубоко́ ко́рни в по́чву и не в состоя́нии ни измени́ть своему́ убежде́нию, ни переноси́ться от одного́ предме́та к друго́му; кре́пость его́ нра́вственного соста́ва (заме́тьте, что э́тот сумасше́дший, стра́нствующий ры́царь – самое нра́вственное существо́ в ми́ре) придаёт осо́бенную си́лу и велича́вость всем его́ сужде́ниям н реча́м, всей его́ фигу́ре, несмотря́ на коми́ческие и унизи́тельные положе́ния, в кото́рые он беспреста́нно впада́ет... До́н-Кихо́т энтузиа́ст, служи́тель иде́и и потому́ обвея́н её сия́ньем.

Что́ же представля́ет собо́ю Га́млет?

Ана́лиз пре́жде всего́ и эгои́зм, а потому́ безве́рье. Он весь живёт для самого́ себя́, он эгои́ст; но ве́рить в себя́ да́же эгои́ст не мо́жет; ве́рить мо́жно то́лько в то, что вне нас и над на́ми. Но э́то я, в кото́рое он не ве́рит, до́рого Га́млету. Э́то исхо́дная то́чка, к кото́рой он возвраща́ется беспреста́нно, потому́ что не нахо́дит ничего́ в це́лом ми́ре, к чему́ бы мог прилепи́ться душо́ю; он ске́птик – и ве́чно во́зится и но́сится с сами́м собо́ю; он постоя́нно за́нят не свое́й обя́занностью, а свои́м положе́нием. Сомнева́ясь во всем, Га́млет, разуме́ется, не щади́т и самого́ себя́; ум его́ сли́шком ра́звит, что́бы удовлетвори́ться тем, что он в себе́ нахо́дит: он сознаёт свою́ сла́бость, но вся́кое самосозна́ние есть си́ла; отсю́да проистека́ет его́ иро́ния, противополо́жность энтузиа́зму До́н-Кихо́та. Га́млет с наслажде́нием, преувели́ченно брани́т себя́, постоя́нно наблюда́я за собо́ю, ве́чно глядя́ внутрь себя́, он зна́ет до то́нкости все свои́ недоста́тки, презира́ет их, презира́ет самого́ себя́ – и в то же вре́мя, мо́жно сказа́ть, живёт, пита́ется э́тим презре́нием. Он не ве́рит в себя́ – и тщесла́вен; он не зна́ет, чего́ хо́чет и заче́м живёт, – и привя́зан к жи́зни...

«О бо́же, бо́же! (восклица́ет он во 2-й сце́не пе́рвого а́кта), е́сли б ты, судья́ земли́ и не́ба, не запрети́л греха́ самоуби́йства!.. Как пошла́, пуста́, пло́ска и ничто́жна ка́жется мне жизнь!»

But he will not sacrifice this flat and unprofitable life. He contemplates suicide even before he sees his father's ghost, and receives the awful commission which breaks down completely his weakened will – but he does not take his life. The love of life is expressed in the very thought of terminating it. Every youth of eighteen is familiar with such feelings as this: "When the blood boils, how prodigal the soul!"

I will not be too severe with Hamlet. He suffers, and his sufferings are more painful and galling than those of Don Quixote. The latter is pummeled by rough shepherds and convicts whom he has liberated; Hamlet inflicts his own wounds – teases himself. In his hands, too, is a lance – the two-edged lance of self-analysis.

Don Quixote, I must confess, is positively funny. His figure is perhaps the most comical as ever a poet has drawn. His name has become a mocking nickname even on the lips of Russian peasants. Of this our own ears could convince us. The mere memory of him raises in our imagination a figure gaunt, angular, rugged-nosed, clad in caricature armor, and mounted on the withered skeleton of the pitiable Rocinante, a poor, starved and beaten nag, to whom he cannot deny a semi-amusing and semi-pathetic co-operation. Don Quixote makes us laugh, but there is a conciliatory and redeeming power in this laughter; and if the adage be true, "You may come to worship what you now deride," then I may add: Whom you have ridiculed, you have already forgiven – are even ready to love.

Hamlet's appearance, on the contrary, is attractive. His melancholia; his pale though not lean aspect (his mother remarks that he is stout, saying, "Our son is fat"); his black velvet clothes, the feather crowning his hat; his elegant manners; the unmistakable poetry of his speeches; his steady feeling of complete superiority over others, alongside of the biting humor of his self-denunciation, – everything about him pleases, everything

Но он не пожёртвует этой плоской и пустой жизнию; он мечтает о самоубийстве ещё до появления тени отца, до того грозного поручения, которое окончательно разбивает его уже надломанную волю, – но он себя не убьёт. Любовь к жизни высказывается в самых этих мечтах о прекращении её; всем 18-летним юношам знакомы подобные чувства:

То кровь кипит, то сил избыток.

Но не будем слишком строги к Гамлету: он страдает – и его страдания и больнее и язвительнее страданий Дон-Кихота. Того бьют грубые пастухи, освобождённые им преступники; Гамлет сам наносит себе раны, сам себя терзает; в его руках тоже меч: обоюдоострый меч анализа.

Дон-Кихот, мы должны в этом сознаться, положительно смешон. Его фигура едва ли не самая комическая фигура, когда-либо нарисованная поэтом. Его имя стало смешным прозвищем даже в устах русских мужиков. Мы в этом могли убедиться собственными ушами. При одном воспоминании о нем возникает в воображении тощая, угловатая, горбоносая фигура, облечённая в карикатурные латы, вознесённая на чахлый остов жалкого коня, того бедного, вечно голодного и битого Россинанта, которому нельзя отказать в каком-то полузабавном, полутронутом участии. Дон-Кихот смешон… но в смехе есть примиряющая и искупляющая сила – и если недаром сказано: «Чему посмеёшься, тому послужишь», то можно прибавить, что над кем посмеялся, тому уже простил, того даже полюбить готов.

Напротив, наружность Гамлета привлекательна. Его меланхолия, бледный, хотя и нехудой вид (мать его замечает о нем, что он толст, «our sou is fat»), чёрная бархатная одежда, перо на шляпе, изящные манеры, несомненная поэзия его речей, постоянное чувство полного превосходства над другими, рядом с язвительной потехой самоунижения, все в нем

captivates. Everybody flatters himself on passing for a Hamlet. None would like to acquire the appellation of "Don Quixote." "Hamlet Baratynsky,"[1] wrote Pushkin to his friend. No one ever thought of laughing at Hamlet, and herein lies his condemnation. To love him is almost impossible; only people like Horatio become attached to Hamlet. Of these I will speak later. Everyone sympathizes with Hamlet, and the reason is obvious; nearly everyone finds Hamlet in his own traits; but to love him is, I repeat, impossible, because he himself does not love anyone.

But enough has been said of the dark sides of the Hamlet type, of those phases which irritate us most because they are nearer and more familiar to us. I will endeavor to appreciate whatever may be legitimate in him, and therefore enduring. Hamlet embodies the doctrine of negation, that same doctrine which another great poet has divested of everything human and presented in the form of Mephistopheles. Hamlet is the same Mephistopheles, but a Mephistopheles embraced by the living circle of human nature: hence his negation is not an evil, but is itself directed against evil. Hamlet casts doubt upon goodness, but does not question the existence of evil; in fact, he wages relentless war upon it. He entertains suspicions concerning the genuineness and sincerity of good; yet his attacks are made not upon goodness, beneath whose mask are secreted evil and falsehood, its immemorial enemies. He does not laugh the diabolic, impersonal laughter of Mephistopheles; in his bitterest smile there is pathos, which tells of his sufferings and therefore reconciles us to him. Hamlet's

1. Yevgeny Baratynsky (1800-1844) was a Russian lyric poet, a contemporary and successful follower of Pushkin, whom contemplation of "the riddles of the universe" had made very disconsolate. (Translator's note)

нра́вится, все пленя́ет; вся́кому ле́стно прослы́ть Га́млетом, никто́ бы не хоте́л заслужи́ть прозва́ние До́н-Кихо́та; «Га́млет Бараты́нский», – писа́л к своему́ дру́гу Пу́шкин; над Га́млетом никто́ и не ду́мает смея́ться, и и́менно в э́том его́ осужде́ние: люби́ть его́ почти́ невозмо́жно, одни́ лю́ди, подо́бные Гора́цию, привя́зываются к Га́млету. Мы о них поговори́м впосле́дствии. Сочу́вствует ему́ вся́кий, и оно́ поня́тно: почти́ ка́ждый нахо́дит в нем со́бственные черты́; но люби́ть его́, повторя́ем, нельзя́, потому́ что он никого́ сам не лю́бит.

Но дово́льно говори́ть о тёмных сторона́х Га́млетовского ти́па, о тех сторона́х, кото́рые и́менно потому́ нас бо́лее раздража́ют, что они́ нам бли́же и поня́тнее. Постара́емся оцени́ть то, что в нем зако́нно и потому́ ве́чно. В нем воплощено́ нача́ло отрица́ния, то са́мое нача́ло, кото́рое друго́й вели́кий поэ́т, отдели́в его́ от всего́ чи́сто челове́ческого, предста́вил нам в о́бразе Мефисто́феля. Га́млет тот же Мефисто́фель, но Мефисто́фель, заключённый в живо́й круг челове́ческой приро́ды; оттого́ его́ отрица́ние не есть зло – оно́ само́ напра́влено про́тив зла. Отрица́ние Га́млета сомнева́ется в добре́, но во зле оно́ не сомнева́ется и вступа́ет с ним в ожесточённый бой. В добре́ оно́ сомнева́ется, т. е. оно́ заподозрева́ет его́ и́стину и и́скренность и напада́ет на него́ не как на добро́, а как на подде́льное добро́, под личи́ной кото́рого опя́ть-таки́ скрыва́ются зло и ложь, его́ исконные враги́: Га́млет не хохо́чет де́монски-безуча́стным хо́хотом Мефисто́феля; в самой его́ го́рькой улы́бке есть уны́лость, кото́рая говори́т о его́ страда́ниях и потому́ примиря́ет с ним. Скептици́зм Га́млета не есть та́кже индифференти́зм,

skepticism, moreover, is not indifferentism, and in this consists his significance and merit. In his makeup good and evil, truth and falsehood, beauty and ugliness, are not blurred into an accidental, dumb and vague something or other. The skepticism of Hamlet, which leads him to distrust things contemporaneous – the realization of truth, so to speak – is irreconcilably at war with falsehood, and through this very quality he becomes one of the foremost champions of a truth in which he himself cannot fully believe. But in negation, in fire, there is a destructive force, and how can we keep it within bounds or show exactly where it is to stop, when that which it must destroy and that which it should spare are frequently blended and bound up together inseparably? This is where the oft-observed tragedy of human life comes into evidence: doing presupposes thinking, but thought and the will have separated, and are separating daily more and more. "And thus the native hue of resolution / is sicklied o'er with the pale cast of thought," Shakespeare tells us in the words of Hamlet.

And so, on the one side stand the Hamlets – reflective, conscientious, often all-comprehensive, but as often also useless and doomed to immobility; and on the other the half-crazy Don Quixotes, who help and influence mankind only to the extent that they see but a single point – often non-existent in the form they see it. Unwillingly the questions arise: Must one really be a lunatic to believe in the truth? And, must the mind that has obtained control of itself lose, therefore, all its power?

We should be led very far indeed even by a superficial consideration of these questions.

I shall confine myself to the remark that in this separation, in this dualism which I have mentioned, we should recognize a fundamental law of all human life. This life is nothing else than an eternal struggle and everlasting reconcilement of two ceaselessly diverging and continually

и в э́том состои́т его́ значе́ние и досто́инство; добро и зло, и́стина и ложь, красота́ и безобра́зие не слива́ются пе́ред ним в одно́ случа́йное, немо́е, тупо́е не́что. Скептици́зм Га́млета, не ве́ря в совреме́нное, так сказа́ть, осуществле́ние и́стины, непримири́мо вражду́ет с ло́жью и тем са́мым стано́вится одни́м из гла́вных побо́рников той и́стины, в кото́рую не мо́жет вполне́ пове́рить. Но в отрица́нии, как в огне́, есть истребля́ющая си́ла – и как удержа́ть э́ту си́лу в грани́цах, как указа́ть ей, где ей и́менно останови́ться, когда́ то, что она́ должна́ истреби́ть, и то́, что ей сле́дует пощади́ть, ча́сто сли́то и свя́зано неразры́вно? Вот где явля́ется нам столь ча́сто заме́ченная траги́ческая сторона́ челове́ческой жи́зни: для де́ла нужна́ во́ля, для де́ла нужна́ мы́сль; но мы́сль и во́ля разъедини́лись и с ка́ждым днем разъединя́ются бо́лее… «Прирождённый румя́нец во́ли / Блёкнет и боле́ет, покрыва́ясь бле́дностью мы́сли…,» говори́т нам Шекспи́р уста́ми Га́млета…

И во́т, с одно́й стороны́ стоя́т Га́млеты мы́слящие, созна́тельные, ча́сто всеобъе́млющие, но та́кже ча́сто бесполе́зные и осуждённые на неподви́жность; а с друго́й – полубезу́мные До́н-Кихо́ты, кото́рые потому́ то́лько и прино́сят по́льзу и подвига́ют люде́й, что ви́дят и зна́ют одну́ лишь то́чку, ча́сто да́же не существу́ющую в том о́бразе, како́ю они́ её ви́дят. Нево́льно рожда́ются вопро́сы: неуже́ли же на́до быть сумасше́дшим, что́бы ве́рить в и́стину? и неуже́ли же ум, овладе́вший собо́ю, по тому́ самому́ лиша́ется всей свое́й си́лы?

Далеко́ бы повело́ нас да́же пове́рхностное обсужде́ние э́тих вопро́сов.

Ограни́чимся замеча́нием, что в э́том разъедине́нии, в э́том дуали́зме, о кото́ром мы упомяну́ли, мы должны́ призна́ть коренно́й зако́н всей челове́ческой жи́зни; вся э́та жизнь есть не что ино́е, как ве́чное примире́ние и ве́чная борьба́ двух непреста́нно разъединённых

uniting elements. If I did not fear startling your ears with philosophical terms, I would venture to say that the Hamlets are an expression of the fundamental centripetal force of nature, in accordance with which every living thing considers itself the center of creation and looks down upon everything else as existing for its sake. Thus the mosquito that settled on the forehead of Alexander the Great, in calm confidence of its right, fed on his blood as food which belonged to it; just so Hamlet, though he scorns himself – a thing the mosquito does not do, not having risen to this level – always takes everything on his own account. Without this centripetal force – the force of egotism – nature could no more exist than without the other, the centrifugal force, according to whose law everything exists only for something else. This force, the principle of devotion and self-sacrifice, illuminated, as I have already stated, by a comic light, is represented by the Don Quixotes. These two forces of inertia and motion, of conservatism and progress, are the fundamental forces of all existing things. They explain to us the growth of a little flower; they give us a key to the understanding of the development of the most powerful nations.

First published in Russian: 1860
Translation by David A. Modell

и непрестанно сливающихся начал. Если бы мы не боялись испугать ваши уши философическими терминами, мы бы решились сказать, что Гамлеты суть выражение коренной центростремительной силы природы, по которой все живущее считает себя центром творения и на все остальное взирает как на существующее только для него (так комар, севший на лоб Александра Македонского, с спокойной уверенностью в своём праве, питался его кровью, как следующей ему пищей; так точно и Гамлет, хотя и презирает себя, чего комар не делает, ибо он до этого не возвысился, так точно и Гамлет, говорим мы, постоянно все относит к самому себе). Без этой центростремительной силы (силы эгоизма) природа существовать бы не могла, точно так же как и без другой, центробежной силы, по закону которой все существующее существует только для другого (эту силу, этот принцип преданности и жертвы, освещённый, как мы уже сказали, комическим светом – чтобы гусей не раздразнить, – этот принцип представляют собою Дон-Кихоты). Эти две силы косности и движения, консерватизма и прогресса, суть основные силы всего существующего. Они объясняют нам растение цветка, и они же дают нам ключ к уразумению развития могущественнейших народов.

Turgenev's third novel, set on the eve of the Crimean War (1853-1856), discusses the destiny of Russia through the story of a young woman named Elena, who marries the Bulgarian revolutionary Insarov against the wishes of her traditional, middle-class family. The enterprising Insarov is contrasted with Elena's two Russian suitors – Bersenyev and Shubin – to show that choosing the foreign path may be the only way out of Russia's perennial stasis, embodied in the dormant character of Uvar Ivanovich.

On the Eve
Ivan Turgenev

Elena was crimson, her eyes were blazing.

"I have no need to hide anything," she declared. "Yes, I have visited that house."

"Exactly! Do you hear, do you hear, Anna Vassilyevna? And you know, I presume, who lives there?"

"Yes, I know; my husband."

Nikolai Artemyevich's eyes were starting out of his head.

"Your–"

"My husband," repeated Elena; "I am married to Dmitri Nikanorovich Insarov."

"You? – married?" was all Anna Vassilyevna could articulate.

"Yes, mamma… Forgive me. A fortnight ago, we were secretly married."

Anna Vassilyevna fell back in her chair; Nikolai Artemyevich stepped two paces back.

"Married! To that vagrant, that Montenegrin! The daughter of Nikolai Stakhov of the higher nobility married to a vagrant, a nobody, without her parents' sanction! And you imagine I shall let the matter rest, that I shall not

Накану́не
Ива́н Турге́нев

Еле́на вся вспы́хнула, и глаза́ её заблиста́ли.

– Мне не́зачем хитри́ть, – промо́лвила она́, – да, я посеща́ла э́тот дом.

– Прекра́сно! Слы́шите, слы́шите, А́нна Васи́льевна? И вы, вероя́тно, зна́ете, кто в нем живёт?

– Да, зна́ю: мой муж...

Никола́й Арте́мьевич вы́таращил глаза́.

– Твой...

– Мой муж, – повтори́ла Еле́на. – Я за́мужем за Дми́трием Никано́ровичем Инса́ровым.

– Ты?.. за́мужем?.. – едва́ проговори́ла А́нна Васи́льевна.

– Да, мама́ша... Прости́те меня́... Две неде́ли тому́ наза́д мы обвенча́лись та́йно.

А́нна Васи́льевна упа́ла в кре́сло; Никола́й Арте́мьевич отступи́л на два ша́га.

– За́мужем! За э́тим обо́рвышем, черного́рцем! Дочь столбово́го дворяни́на Никола́я Ста́хова вы́шла за бродя́гу, за разночи́нца! Без роди́тельского благослове́ния! И ты ду́маешь, что я э́то так оста́влю? что я не бу́ду жа́ловаться? что я позво́лю тебе́... что ты... что... В монасты́рь

make a complaint, that I will allow you – that you – that – To the nunnery with you, and he shall go to prison, to hard labor! Anna Vassilyevna, inform her at once that you will cut off her inheritance!"

"Nikolai Artemyevich, for God's sake," moaned Anna Vassilyevna.

"And when and how was this done? Who married you? Where? How? Good God! What will all our friends think, what will the world say! And you, shameless hypocrite, could go on living under your parents' roof after such an act! Had you no fear of – the wrath of heaven?"

"Papa," said Elena (she was trembling from head to foot but her voice was steady), "you are at liberty to do with me as you please, but you need not accuse me of shamelessness, and hypocrisy. I did not want to give you pain before, but I should have had to tell you all myself in a few days, because we are going away – my husband and I – from here next week."

"Going away? Where to?"

"To his own country, to Bulgaria."

"To the Turks!" cried Anna Vassilyevna and fell into a swoon.

Elena ran to her mother.

"Away!" clamored Nikolai Artemyevich, seizing his daughter by the arm, "away, unworthy girl!"

But at that instant the door of the room opened, and a pale face with glittering eyes appeared: it was the face of Shubin.

"Nikolai Artemyevich!" he shouted at the top of his voice, "Augustina Christianovna is here and is asking for you!"

Nikolai Artemyevich turned round infuriated, threatening Shubin with his fist; he stood still a minute and rapidly went out of the room.

Elena fell at her mother's feet and embraced her knees.

Uvar Ivanovich was lying on his bed. A shirt without a collar, fastened with a heavy stud, enfolded his thick neck and fell in full, flowing folds over the almost feminine contours of his chest, leaving visible a large cypress-wood cross and an amulet. His ample limbs were covered with the lightest bedclothes. On the little table by the bedside a candle was burning dimly

тебя́, а его́ в ка́торгу, в ареста́нтские ро́ты! А́нна Васи́льевна, изво́льте сейча́с сказа́ть ей, что вы лиша́ете её насле́дства.

— Никола́й Арте́мьевич, ра́ди бо́га, — простона́ла А́нна Васи́льевна.

— И когда́, каки́м о́бразом э́то сде́лалось? Кто вас венча́л? где? как? бо́же мой! Что ска́жут тепе́рь все знако́мые, весь свет! И ты, бессты́дная притво́рщица, могла́ по́сле э́дакого посту́пка жить под роди́тельской кро́влей! Ты не побоя́лась... гро́ма небе́сного?

— Па́пенька, — проговори́ла Еле́на (она́ вся дрожа́ла с ног до головы́, но го́лос её был твёрд), — вы во́льны де́лать со мно́ю всё что уго́дно, но, напра́сно вы обвиня́ете меня́ в бессты́дстве и в притво́рстве. Я не хоте́ла... огорча́ть вас зара́нее, но я понево́ле на дня́х сама́ бы всё вам сказа́ла, потому́ что мы на бу́дущей неде́ле уезжа́ем отсю́да с му́жем.

— Уезжа́ете? Куда́ э́то?

— На его́ ро́дину, в Болга́рию.

— К ту́ркам! — воскли́кнула А́нна Васи́льевна и лиши́лась чувств.

Еле́на бро́силась к ма́тери.

— Прочь! — возопи́л Никола́й Арте́мьевич и схвати́л дочь за ру́ку, — прочь, недосто́йная!

Но в э́то мгнове́ние дверь спа́льни отвори́лась и показа́лась бле́дная голова́ с сверка́ющими глаза́ми; то была́ голова́ Шу́бина.

— Никола́й Арте́мьевич! — кри́кнул он во весь го́лос. — Августи́на Христиа́новна прие́хала и зовёт вас!

Никола́й Арте́мьевич с бе́шенством оберну́лся, погрози́л Шу́бину кулако́м, останови́лся на мину́ту и бы́стро вы́шел из ко́мнаты.

Еле́на упа́ла к нога́м ма́тери и обняла́ её коле́ни.

Ува́р Ива́нович лежа́л на свое́й посте́ли. Руба́шка без во́рота, с кру́пною за́понкой, охва́тывала его́ по́лную ше́ю и расходи́лась широ́кими, свобо́дными скла́дками на его́ почти́ же́нской груди́, оставля́я на виду́ большо́й кипари́совый крест и ла́данку. Лёгкое одея́ло покрыва́ло его́ простра́нные чле́ны. Све́чка ту́скло горе́ла на ночно́м сто́лике, во́зле кру́жки с ква́сом, а в нога́х Ува́ра Ива́новича, на посте́ли, сиде́л, подгорю́нившись, Шу́бин.

beside a jug of kvas, and on the bed at Uvar Ivanovich's feet was sitting Shubin in a dejected pose.

"Yes," he was saying meditatively, "she is married and getting ready to go away. Your nephew was bawling and shouting for the benefit of the whole house; he had shut himself up for greater privacy in his wife's bedroom, but not merely the maids and the footmen, the coachman even could hear it all! Now he's just tearing and raving round; he all but gave me a thrashing, he's bringing a father's curse on the scene now, as cross as a bear with a sore head; but that's of no importance. Anna Vassilyevna's crushed, but she's much more brokenhearted at her daughter leaving her than at her marriage."

Uvar Ivanovich flourished his fingers.

"A mother," he commented, "to be sure."

"Your nephew," resumed Shubin, "threatens to lodge a complaint with the Metropolitan and the General Governor and the Minister, but it will end by her going. A happy thought to ruin his own daughter! He'll crow a little and then lower his colors."

"They'd no right," observed Uvar Ivanovich, and he drank out of the jug.

"To be sure. But what a storm of criticism, gossip, and comments will be raised in Moscow! She's not afraid of them… Besides, she's above them. She's going away… and it's awful to think where she's going – to such a distance, such a wilderness! What future awaits her there? I seem to see her setting off from a posting station in a snowstorm with thirty degrees of frost. She's leaving her country, and her people; but I understand her doing it. Whom is she leaving here behind her? What people has she seen? Kurnatovsky and Bersenyev and our humble selves; and these are the best she's seen. What is there to regret about it? One thing's bad; I'm told her husband – the devil, how that word sticks in my throat! – Insarov, I'm told, is spitting blood; that's a bad lookout. I saw him the other day: his face – you could model Brutus from it straight off. Do you know who Brutus was, Uvar Ivanovich?'

"What is there to know? A man, to be sure."

— Да, — задумчиво говорил он, — она замужем и собирается уехать. Ваш племянничек шумел и орал на весь дом; заперся, для секрету, в спальню, а не только лакеи и горничные, — кучера всё слышать могли! Он и теперь так и рвёт и мечет, со мной чуть не подрался, с отцовским проклятием носится, как медведь с чурбаном; да не в нем сила. Анна Васильевна убита, но её гораздо больше сокрушает отъезд дочери, чем её замужество.

Увар Иванович поиграл пальцами.

— Мать, — проговорил он, — ну... и того.

— Племянник ваш, — продолжал Шубин, — грозится и митрополиту, и генерал-губернатору, и министру жалобы подать, а кончится тем, что она уедет. Кому весело свою родную дочь губить! Попетушится и опустит хвост.

— Права... не имеют, — заметил Увар Иванович и отпил из кружки.

— Так, так. А какая поднимется по Москве туча осуждений, пересудов, толков! Она их не испугалась... Впрочем, она выше их. Уезжает она — и куда? даже страшно подумать! В какую даль, в какую глушь! Что ждёт её там? Я гляжу на неё, точно она ночью, в метель, в тридцать градусов мороза, с постоялого двора съезжает. Расстаётся с родиной, с семьёй; а я её понимаю. Кого она здесь оставляет? Кого видела? Курнатовских, да Берсаневых, да нашего брата; и это ещё лучшие. Чего тут жалеть? Одно худо: говорят, её муж — чёрт знает, язык как-то не поворачивается на это слово, — говорят, Инсаров кровью кашляет; это худо. Я его видел на днях, лицо, хоть сейчас лепи с него Брута... Вы знаете, кто был Брут, Увар Иванович?

— Что знать? человек.

— Именно: «Человек он был». Да, лицо чудесное, а нездоровое, очень нездоровое.

"Precisely so: he was a 'man.' Yes he's a wonderful face, but unhealthy, very unhealthy."

"For fighting… it makes no difference," observed Uvar Ivanovich.

"For fighting it makes no difference, certainly; you are pleased to express yourself with great justice today; but for living it makes all the difference. And you see she wants to live with him a little while."

"A youthful affair," responded Uvar Ivanovich.

"Yes, a youthful, glorious, bold affair. Death, life, conflict, defeat, triumph, love, freedom, country… Good God, grant as much to all of us! That's a very different thing from sitting up to one's neck in a bog, and pretending it's all the same to you, when in fact it really is all the same. While there – the strings are tuned to the highest pitch, to play to all the world or to break!"

Shubin's head sank on to his breast.

"Yes," he resumed, after a prolonged silence, "Insarov deserves her. What nonsense, though! No one deserves her… Insarov… Insarov… What's the use of pretended modesty? We'll own he's a fine fellow, he stands on his own feet, though up to the present he has done no more than we poor sinners; and are we such absolutely worthless dirt? Am I such dirt, Uvar Ivanovich? Has God been hard on me in every way? Has He given me no talents, no abilities? Who knows, perhaps the name of Pavel Shubin will in time be a great name? You see that bronze farthing there lying on your table. Who knows; someday, perhaps in a century, that bronze will go to a statue of Pavel Shubin, raised in his honor by a grateful posterity!"

Uvar Ivanovich leaned on his elbow and stared at the enthusiastic artist.

"That's a long way off," he said at last with his usual gesture; "we're speaking of other people, why bring in yourself?"

"O great philosopher of the Russian world!" cried Shubin, "every word of yours is worth its weight in gold, and it's not to me but to you a statue ought to be raised, and I would undertake it. There, as you are lying now, in that pose; one doesn't know which is uppermost in it, sloth or strength! That's how I would cast you in bronze. You aimed a just reproach at my egoism

– Сражáться-то... всё равнó, – проговорил Увáр Ивáнович.

– Сражáться-то всё равнó, тóчно; вы сегóдня совершéнно справедлúво извóлите выражáться, да жúть-то не всё равнó. А ведь ей с ним пожúть захóчется.

– Дéло молодóе, – отозвáлся Увáр Ивáнович.

– Да, молодóе, слáвное, смéлое дéло. Смерть, жизнь, борьбá, падéние, торжествó, любóвь, свобóда, рóдина... Хорошó, хорошó. Дай бог всякому! Это не тó, что сидéть по гóрло в болóте да старáться покáзывать вид, что тебé всё равнó, когдá тебé действúтельно в сýщности всё равнó. А там – натянуты стрýны, звенú на весь мир úли порвúсь!

Шýбин уронúл гóлову на грýдь.

– Да, – продолжáл он пóсле дóлгого молчáния, – Инсáров её стоит. А впрóчем, чтó за вздор! Никтó её не стоит. Инсáров... Инсáров... К чемý лóжное смирéние? Ну, полóжим, он молодéц, он постоúт за себя, хотя дó сих пор дéлал то же, что и мы, грéшные, да бýдто уж мы такáя совершéнная дрянь? Ну хоть я, рáзве я дрянь, Увáр Ивáнович? Рáзве бог меня так-таки всем и обúдел? Никакúх способностей, никакúх талáнтов мне не дал? Кто знáет, мóжет быть, úмя Пáвла Шýбина бýдет со врéменем слáвное úмя? Вот у вас на столé лежúт мéдный грош. Кто знáет, мóжет быть, когдá-нибýдь, чéрез столéтие, эта медь пойдёт на стáтую Пáвла Шýбина, воздвúгнутую в честь емý благодáрным потóмством?

Увáр Ивáнович опёрся на лóкоть и устáвился на разгорячúвшегося худóжника.

– Далекá пéсня, – проговорил он наконéц, с обычной игрóй пáльцев, – о другúх речь, а ты... тогó... о себé.

– О велúкий филóсоф земли рýсской! – восклúкнул Шýбин. – Кáждое вáше слóво – чúстое зóлото, и не мне – вам слéдует воздвúгнуть стáтую, и за это берýсь я. Вóт как вы теперь лежúте, в этой пóзе, про котóрую не знáешь, что в ней бóльше – лéни úли сúлы? – так я вас и отолью. Справедлúвым укóром поразúли вы мой эгоúзм и моё самолюбие! Да! да! нéчего говорúть о себé; нéчего хвáстаться. Нет ещё у нас никогó, нет людéй, куда ни посмотрú. Всё – лúбо мелюзгá, грызуны,

and vanity! Yes! Yes! It's useless talking of one's self; it's useless bragging. We have no one yet, no men, look where you will. Everywhere – either small fry, nibblers, Hamlets on a small scale, self-absorbed, or darkness and subterranean chaos, or idle babblers and wooden sticks. Or else they are like this: they study themselves to the most shameful detail, and are forever feeling the pulse of every sensation and reporting to themselves: 'That's what I feel, that's what I think.' A useful, rational occupation! No, if we only had some sensible men among us, that girl, that delicate soul, would not have run away from us, would not have slipped off like a fish to the water! What's the meaning of it, Uvar Ivanovich? When will our time come? When will men be born among us?"

"Give us time," answered Uvar Ivanovich; "they will be–"

"They will be? Soil of our country! Force of the black earth! Thou hast said: they will be. Look, I will write down your words. But why are you putting out the candle?"

"I'm going to sleep; goodbye."

First published in Russian: 1860
Translation by Constance Garnett

га́млетики, самое́ды, ли́бо темнота́ и глушь подзе́мная, ли́бо толкачи́, из пусто́го в поро́жнее перелива́тели да па́лки бараба́нные! А то́ вот ещё каки́е быва́ют: до позо́рной то́нкости сами́х себя́ изучи́ли, щу́пают беспреста́нно пульс ка́ждому своему́ ощуще́нию и докла́дывают сами́м себе́: вот что я, мол, чу́вствую, во́т что я ду́маю. Поле́зное, де́льное заня́тие! Нет, ка́бы бы́ли ме́жду на́ми пу́тные лю́ди, не ушла́ бы от нас э́та де́вушка, э́та чу́ткая душа́, не ускользну́ла бы, как ры́ба в во́ду! Что ж э́то, Ува́р Ива́нович? Когда́ ж на́ша придёт пора́? Когда́ у нас народя́тся лю́ди?

– Дай срок, – отве́тил Ува́р Ива́нович, – бу́дут.

– Бу́дут? По́чва! чернозёмная си́ла! ты сказа́ла: бу́дут? Смотри́те же, я запишу́ ва́ше сло́во. Да заче́м же вы га́сите све́чку?

– Спать хочу́, проща́й.

Fathers and Sons, published when Turgenev was 44, brought the author world renown with its dissection of the generational divide between the Russian liberals of the 1840s and the radical youth of the 1860s. The nihilist Bazarov (of the 1860s) is modeled after Vissarion Belinsky, the leading Russian Western-leaning critic of the time, to whom Turgenev dedicated the novel.

Fathers and Sons
Ivan Turgenev

"I am seeking to prove thees," replied Pavel Petrovich. (Pavel Petrovich, when he was angered, purposely said "thees" and "thawt," even though he well knew that such words were grammatically improper. This was a quirk that was connected with customs from the Alexandrine era. Big wigs back then, in rare cases, when speaking their native language, used one – thees, or the other – thawt, as if to say, "we are Rusaks to the core, yet we are also belmonzhe, who are allowed to neglect the rules of grammar larned in school.") "Thawt without a certain sense of personal dignity, without a sense of self-respect (both of which senses are inborn in the true aristocrat), the social edifice, the *bien public*, cannot rest upon a durable basis. It is *personality* that matters, my dear sir: and the human personality must be as firm as a rock, in that there rests upon it the entire structure of society. For example, I know that you ridicule my customs, my dress, my fastidious tastes. Yet those very things proceed from that sense of duty – yes, of duty, I repeat – to which I have just alluded. In other words, I may live in the depths of the country, yet I do not let myself go. For I respect in myself the man."

Отцы́ и де́ти
Ива́н Турге́нев

— Я эфтим хочу́ доказа́ть, ми́лостивый госуда́рь (Па́вел Петро́вич, когда́ серди́лся, с наме́рением говори́л: «эфтим» и «эфто», хотя́ о́чень хорошо́ знал, что подо́бных слов грамма́тика не допуска́ет. В э́той причу́де ска́зывался оста́ток преда́ний Алекса́ндровского вре́мени. Тогда́шние ту́зы, в ре́дких слу́чаях, когда́ говори́ли на родно́м языке́, употребля́ли одни́ – эфто, други́е – эхто: мы, мол, коренны́е русаки́, и в то же вре́мя мы вельмо́жи, кото́рым позволя́ется пренебрега́ть шко́льными пра́вилами), я эфтим хочу́ доказа́ть, что без чу́вства со́бственного досто́инства, без уваже́ния к самому́ себе́, – а в аристокра́те э́ти чу́вства ра́звиты, – нет никако́го про́чного основа́ния обще́ственному... *bien public*, обще́ственному зда́нию. Ли́чность, ми́лостивый госуда́рь, – вот гла́вное: челове́ческая ли́чность должна́ быть крепка́, как скала́, и́бо на ней все стро́ится. Я о́чень хорошо́ зна́ю, наприме́р, что́ вы изво́лите находи́ть смешны́ми мои́ привы́чки, мой туале́т, мою́ опря́тность наконе́ц, но э́то все проистека́ет из чу́вства самоуваже́ния, из чу́вства до́лга, да-с, да-с, до́лга. Я живу́ в дере́вне, в глуши́, но я не роня́ю себя́, я уважа́ю в себе́ челове́ка.

"Allow me, Pavel Petrovich," said Bazarov. "You say that you respect yourself. Very good. Yet you can sit there with your hands folded! How will *that* benefit the *bien public*, seeing that inaction would scarcely seem to argue self-respect?"

Pavel Petrovich blanched a little.

"That is another question altogether," he said. "However, I do not feel called upon to explain the reason why I sit with my hands folded (according to your own estimable term). It will suffice merely to remark that in the aristocratic idea there is contained a *principle*, and that nowadays men who live without principles are as destitute of morality as they are of moral substance. The same thing did I say to Arkady on the day after his arrival, and I say it now to you. You agree with me, Nikolai, do you not?"

Nikolai Petrovich nodded assent, while Bazarov exclaimed:

"The aristocratic idea, forsooth! Liberalism, progress, principles! Why, have you ever considered the vanity of those terms? The Russian of today does not need them."

"Then what, in your opinion, does he need? To listen to you, one would suppose that we stood wholly divorced from humanity and humanity's laws; whereas, pardon me, the logic of history demands–"

"What has that logic to do with us? We can get on quite well without it."

"How can we do so?"

"Even as I have said. When you want to put a piece of bread into your mouth do you need logic for the purpose? What have these abstractions to do with ourselves?"

Pavel Petrovich waved his hand in disgust.

"I cannot understand you," he said. "You seem to me to be insulting the Russian people. How you or anyone else can decline to recognize principles and precepts is a thing that passes my comprehension. For what other basis for action in life have we got?"

Arkady put in a word.

— Позво́льте, Па́вел Петро́вич, — промо́лвил База́ров, — вы вот уважа́ете себя́ и сиди́те сложа́ ру́ки; кака́я ж от э́того по́льза для bien public? Вы бы не уважа́ли себя́ и то́ же бы де́лали.

Па́вел Петро́вич побледне́л.

— Э́то соверше́нно друго́й вопро́с. Мне во́все не прихо́дится объясня́ть вам тепе́рь, почему́ я сижу́ сложа́ ру́ки, как вы изво́лите выража́ться. Я хочу́ то́лько сказа́ть, что аристократи́зм — при́нсип, а без при́нсипов жить в на́ше вре́мя мо́гут одни́ безнра́вственные и́ли пусты́е лю́ди. Я говори́л э́то Арка́дию на друго́й день его́ прие́зда и повторя́ю тепе́рь вам. Не та́к ли, Никола́й?

Никола́й Петро́вич кивну́л голово́й.

— Аристократи́зм, либерали́зм, прогре́сс, при́нципы, — говори́л ме́жду те́м База́ров, — поду́маешь, ско́лько иностра́нных... и бесполе́зных слов! Ру́сскому челове́ку они́ да́ром не нужны́.

— Что́ же ему́ ну́жно, по-ва́шему? Послу́шать вас, так мы нахо́димся вне челове́чества, вне его́ зако́нов. Поми́луйте – ло́гика исто́рии тре́бует...

— Да на что́ нам э́та ло́гика? Мы и без неё обхо́димся.

— Как так?

— Да та́к же. Вы, я наде́юсь, не нужда́етесь в ло́гике для того́, что́бы положи́ть себе́ кусо́к хле́ба в рот, когда́ вы го́лодны. Куда́ нам до э́тих отвлечённостей!

Па́вел Петро́вич взмахну́л рука́ми.

— Я вас не понима́ю по́сле э́того. Вы оскорбля́ете ру́сский наро́д. Я не понима́ю, как мо́жно не признава́ть при́нсипов, пра́вил! В си́лу чего́ же вы де́йствуете?

"Both I and Bazarov have told you," he said, "that we recognize no authority of any sort."

"Rather, that we recognize no basis for action save the useful," corrected Bazarov. "At present the course most useful is denial. Therefore we deny."

"Deny everything?"

"Deny everything."

"What? Both poetry and art and – I find it hard to express it?–"

"I repeat, *everything*," said Bazarov with an ineffable expression of insouciance.

Pavel Petrovich stared. He had not quite expected this. For his part, Arkady reddened with pleasure.

"Allow me," interposed Nikolai Petrovich. "You say that you deny everything – rather, that you would consign everything to destruction. But also you ought to construct."

"That is not our business," said Bazarov. "First the site must be cleared."

"Yes, for the present condition of the people demands it," affirmed Arkady. "And that demand we are bound to fulfill, seeing that no one has the right merely to devote himself to the satisfaction of his own personal egotism."

With this last Bazarov did not seem altogether pleased, since the phrase smacked too much of philosophy – rather, of "Romanticism," as Bazarov termed that science; but he did not trouble to confute his pupil.

"No, no!" Pavel Petrovich exclaimed with sudden heat. "I cannot believe that gentlemen of your type possess sufficient knowledge of the people to be rightful representatives of its demands and aspirations. For the Russian people is not what you think it to be. It holds traditions sacred, and is patriarchal, and cannot live without faith."

"I will not dispute that," observed Bazarov. "Nay, I will even agree that you are right."

– Я уже́ говори́л вам, дя́дюшка, что мы не признае́м авторите́тов, – вмеша́лся Арка́дий.

– Мы де́йствуем в си́лу того́, что мы признае́м поле́зным, – промо́лвил База́ров. – В тепе́решнее вре́мя поле́знее всего́ отрица́ние – мы отрица́ем.

– Всё?

– Всё.

– Как? не то́лько иску́сство, поэ́зию... но и... стра́шно вы́молвить...

– Всё, – с невырази́мым споко́йствием повтори́л База́ров.

Па́вел Петро́вич уста́вился на него́. Он э́того не ожида́л, а Арка́дий да́же покрасне́л от удово́льствия.

– Одна́ко позво́льте, – заговори́л Никола́й Петро́вич. – Вы все отрица́ете, и́ли, выража́ясь точне́е, вы все разруша́ете... Да́ ведь на́добно же и стро́ить.

– Э́то уже́ не на́ше де́ло... Сперва́ ну́жно ме́сто расчи́стить.

– Совреме́нное состоя́ние наро́да э́того тре́бует, – с ва́жностью приба́вил Арка́дий, – мы должны́ исполня́ть э́ти тре́бования, мы не име́ем пра́ва предава́ться удовлетворе́нию ли́чного эгои́зма.

Э́та после́дняя фра́за, ви́димо, не понра́вилась База́рову; от неё ве́яло филосо́фией, то́ есть романти́змом, и́бо База́ров и филосо́фию называ́л романти́змом; но он не почёл за ну́жное опроверга́ть своего́ молодо́го ученика́.

– Нет, нет! – воскли́кнул с внеза́пным поры́вом Па́вел Петро́вич, – я не хочу́ ве́рить, что́ вы, господа́, то́чно зна́ете ру́сский наро́д, что вы представи́тели его́ потре́бностей, его́ стремле́ний! Нет, ру́сский наро́д не тако́й, каки́м вы его́ вообража́ете. Он свя́то чтит преда́ния, он – патриарха́льный, он не мо́жет жить без ве́ры...

– Я не ста́ну про́тив э́того спо́рить, – переби́л База́ров, – я да́же гото́в согласи́ться, что в э́том вы пра́вы.

"And, granting that I am right–"

"You have proved nothing."

"Yes, proved nothing," echoed Arkady with the assurance of a chess-player who, having foreseen a dangerous move on the part of his opponent, awaits the attack with expert composure.

"But how have I proved nothing?" muttered Pavel Petrovich, rather taken aback. "Do you mean to say that you are opposed to, not in favor of, the people?"

"Good gracious! Do not the common folk believe, when it thunders, that the Prophet Elijah is going up to Heaven in his chariot? You and I do not agree with that? The point is that the people is Russian, and that I am the same."

"Not after what you have just said! Henceforth must I decline to recognize you as any countryman of mine."

With a sort of indolent *hauteur* Bazarov replied:

"With his own hand did my grandfather guide the plough. Ask, therefore, of your favorite peasant which of us two – you or myself – he rates most truly as his countryman. Why, you do not know even how to speak to him!"

"And you, while speaking to him, despise him."

"Should he merit contempt, yes. Reprobate, therefore, my views as much as you like, but who told you that they have come to me fortuitously rather than been derived from the very national spirit of which you are so ardent an upholder?"

"Phaugh! We need you nihilists, do we not?"

"Not ours is it to decide the need or otherwise, seeing that even a man like yourself considers that he has a use."

"Gentlemen, gentlemen!" interposed Nikolai Petrovich as he rose to his feet. "I beg of you to indulge in no personalities!"

Pavel Petrovich smiled. Then, laying his hand upon his brother's shoulder, he forced him to resume his seat.

— А е́сли я прав...

— И всё-таки э́то ничего́ не дока́зывает.

— Именно ничего́ не дока́зывает, — повтори́л Арка́дий с уве́ренностию о́пытного ша́хматного игрока́, кото́рый предви́дел опа́сный, по-ви́димому, ход проти́вника и потому́ ниско́лько не смути́лся.

— Как ничего́ не дока́зывает? — пробормота́л изумлённый Па́вел Петро́вич. — Ста́ло быть, вы идёте про́тив своего́ наро́да?

— А хо́ть бы и так? — воскли́кнул База́ров. — Наро́д полага́ет, что когда́ гром греми́т, э́то Илья́-проро́к в колесни́це по не́бу разъезжа́ет. Что ж? Мне соглаша́ться с ним? Да прито́м — он ру́сский, а ра́зве я сам не ру́сский.

— Нет, вы не ру́сский по́сле всего́, что вы сейча́с сказа́ли! Я вас за ру́сского призна́ть не могу́.

— Мой дед зе́млю паха́л, — с надме́нною го́рдостию отвеча́л База́ров. — Спроси́те любо́го из ва́ших же мужико́в, в ком из нас — в вас и́ли во мне — он скоре́е признае́т соотве́чественника. Вы и говори́ть-то с ним не уме́ете.

— А вы говори́те с ним и презира́ете его́ в то же вре́мя.

— Что ж, ко́ли он заслу́живает презре́ния! Вы порица́ете моё направле́ние, а кто вам сказа́л, что оно́ во мне случа́йно, что оно́ не вы́звано тем са́мым наро́дным ду́хом, во и́мя кото́рого вы так ра́туете?

— Как же! О́чень нужны́ нигили́сты!

— Нужны́ ли они́ и́ли нет — не нам реша́ть. Ведь и вы счита́ете себя́ не бесполе́зным.

— Господа́, господа́, пожа́луйста, без ли́чностей! — воскли́кнул Никола́й Петро́вич и приподня́лся.

Па́вел Петро́вич улыбну́лся и, положи́в ру́ку на плечо́ бра́ту, заста́вил его́ сно́ва сесть.

"Do not be alarmed," he said. "That very sense of dignity at which this gentleman pokes such bitter fun will keep me from forgetting myself."

And he turned to Bazarov again.

"Do you suppose your doctrine to be a new one?" he continued. "If so, you are wasting your time. More than once has the materialism which you preach been mooted; and each time it has been proved bankrupt."

"Another foreign term!" muttered Bazarov. He was now beginning to lose his temper, and his face had turned a dull, copperish tint. "In the first place, we nihilists preach nothing at all. For to preach is not our custom."

"What, then, is your custom?"

"To proclaim facts such as that our civil servants accept bribes, that we lack highways, commerce, and a single upright judge, and that–"

"Of course, of course! In other words, you and yours are to act as our 'censors' (I believe that to be the correct term?). Well, I agree with many of your censures, but–"

"Other tenets which we hold are that to chatter, and to do nothing but chatter, concerning our differences is not worth the trouble, seeing that it is a pursuit which merely leads to pettiness and doctrinairism; that beyond question our so-called leaders and censors are not worth their salt, seeing that they engage in sheer futilities, and waste their breath on discussions on art and still life and parliamentarism and legal points and the devil only knows what, when all the time it is the bread of subsistence alone that matters, and we are being stifled with gross superstition, and all our commercial enterprises are failing for want of honest directors, and the freedom of which the government is forever prating is destined never to become a reality, for the reason that, so long as the Russian peasant is allowed to go and drink himself to death in a dram-shop, he is ready to submit to any sort of despoilment."

"You have decided, then, you feel conscious, that your true *métier* is to apply yourselves seriously to nothing?"

— Не беспокойся, — промолвил он. — Я не позабудусь именно вследствие того чувства достоинства, над которым так жестоко трунит господин... господин доктор. Позвольте, — продолжал он, обращаясь снова к Базарову, — вы, может быть, думаете, что ваше учение новость? Напрасно вы это воображаете. Материализм, который вы проповедуете, был уже не раз в ходу и всегда оказывался несостоятельным...

— Опять иностранное слово! — перебил Базаров. Он начинал злиться, и лицо его приняло какой-то медный и грубый цвет. — Во-первых, мы ничего не проповедуем; это не в наших привычках...

— Что же вы делаете?

— А вот что мы делаем. Прежде, в недавнее ещё время, мы говорили, что чиновники наши берут взятки, что у нас нет ни дорог, ни торговли, ни правильного суда...

— Ну да, да, вы обличители, — так, кажется, это называется. Со многими из ваших обличений и я соглашаюсь, но...

— А потом мы догадались, что болтать, все только болтать о наших язвах не стоит труда, что это ведёт только к пошлости и доктринерству; мы увидали, что и умники наши, так называемые передовые люди и обличители, никуда не годятся, что мы занимаемся вздором, толкуем о каком-то искусстве, бессознательном творчестве, о парламентаризме, об адвокатуре и черт знает о чём, когда дело идёт о насущном хлебе, когда грубейшее суеверие нас душит, когда все наши акционерные общества лопаются единственно оттого, что оказывается недостаток в честных людях, когда самая свобода, о которой хлопочет правительство, едва ли пойдёт нам впрок, потому что мужик наш рад самого себя обокрасть, чтобы только напиться дурману в кабаке.

— Так, — перебил Павел Петрович, — так: вы во всем этом убедились и решились сами ни за что серьёзно не приниматься.

"Even so," came the sullen reply, for Bazarov had suddenly become vexed with himself for having exposed his mind with such completeness to this *barin*.

"You have decided merely to deny everything?"

"We have decided merely to deny everything."

"And that you call nihilism?"

"That we call nihilism." In Bazarov's repetition of Pavel Petrovich's words there echoed, this time, a note of pride.

First published in Russian: 1862
Translation by C. J. Hogarth

– И реши́лись ни за что́ не принима́ться, – угрю́мо повтори́л База́ров.

Ему́ вдруг ста́ло доса́дно на самого́ себя́, заче́м он так распространи́лся перед э́тим ба́рином.

– А то́лько руга́ться?

– И руга́ться.

– И э́то называ́ется нигили́змом?

– И э́то называ́ется нигили́змом, – повтори́л опя́ть База́ров, на э́тот раз с осо́бенною де́рзостью.

First published in the journal *The Russian Messenger, Smoke* was Turgenev's next novel after *Fathers and Sons.* It was roundly criticized in Russia, by Westernizers and Slavophiles alike, both of whom saw their camps satirized in the text. The Slavophiles, in particular, were skewered through the character of Gubaryov, modeled after the agrarian populist and critic Alexander Herzen. Turgenev's social critique of late-nineteenth century Russia is woven into the story of a love triangle set in Baden-Baden, where the novel was written.

Smoke
Ivan Turgenev

We happened once to go into the hut of a peasant woman who had just lost her only, passionately loved son, and to our considerable astonishment we found her perfectly calm, almost cheerful. "Let her be," said her husband, to whom probably our astonishment was apparent, "she is gone numb now." And Litvinov had in the same way "gone numb." The same sort of calm came over him during the first few hours of the journey. Utterly crushed, hopelessly wretched as he was, still he was at rest, at rest after the agonies and sufferings of the last few weeks, after all the blows which had fallen one after another upon his head. They had been the more shattering for him that he was little fitted by nature for such tempests. Now he really hoped for nothing, and tried not to remember, above all not to remember. He was going to Russia . . . he had to go somewhere; but he was making no kind of plans regarding his own personality. He did not recognize himself, he did not comprehend his own actions, he had positively lost his real identity, and, in fact, he took very little interest in his own identity. Sometimes it seemed to him that he was taking his own corpse home, and only the bitter spasms of irremediable spiritual pain passing over him from time to time

Дым
Ива́н Турге́нев

Нам случи́лось одна́жды войти́ в избу́ крестья́нки, то́лько что потеря́вшей еди́нственного, горячо́ люби́мого сы́на, и, к нема́лому на́шему удивле́нию, найти́ её соверше́нно споко́йною, чу́ть не весёлою. «Не зама́йте, – сказа́л её муж, от кото́рого, вероя́тно, не скры́лось э́то удивле́ние, – она́ тепе́рь закостене́ла». И Литви́нов та́к же «закостене́л». Тако́е же споко́йствие нашло́ на него́ в пе́рвые часы́ его́ путеше́ствия. Соверше́нно уничто́женный и безнадёжно несча́стный, он, одна́ко, отдыха́л, отдыха́л по́сле трево́г и терза́ний после́дней неде́ли, по́сле всех э́тих уда́ров, раз за ра́зом обру́шившихся на его́ го́лову. Они́ тем сильне́е его́ потрясли́, чем ме́нее он был со́здан для подо́бных бурь. Он уж то́чно ни на что́ не наде́ялся тепе́рь и стара́лся не вспомина́ть – пу́ще всего́ не вспомина́ть; он е́хал в Росси́ю… – на́до же бы́ло куда́-нибу́дь дева́ться! – но уже́ никаки́х, ли́чно до со́бственной осо́бы каса́ющихся, предположе́ний не де́лал. Он не узнава́л себя́; он не понима́л свои́х посту́пков, то́чно он своё настоя́щее «я» утра́тил, да́ и вообще́ он в э́том «я» ма́ло принима́л уча́стия. Иногда́ ему́ сдава́лось, что он со́бственный труп

brought him back to a sense of still being alive. At times it struck him as incomprehensible that a man – a man! – could let a woman, let love, have such power over him... "Ignominious weakness!" he muttered, and shook back his cloak, and sat up more squarely; as though to say, the past is over, let's begin afresh... a moment, and he could only smile bitterly and wonder at himself. He fell to looking out of the window. It was gray and damp; there was no rain, but the fog still hung about; and low clouds trailed across the sky. The wind blew facing the train; whitish clouds of steam, some singly, others mingled with other darker clouds of smoke, whirled in endless file past the window at which Litvinov was sitting. He began to watch this steam, this smoke. Incessantly mounting, rising and falling, twisting and hooking onto the grass, to the bushes as though in sportive antics, lengthening out, and hiding away, clouds upon clouds flew by... they were forever changing and yet stayed the same in their monotonous, hurrying, wearisome sport! Sometimes the wind changed, the line bent to the right or left, and suddenly the whole mass vanished, and at once reappeared at the opposite window; then again the huge tail was flung out, and again it veiled Litvinov's view of the vast plain of the Rhine. He gazed and gazed, and a strange reverie came over him... He was alone in the compartment; there was no one to disturb him. "Smoke, smoke," he repeated several times; and suddenly it all seemed as smoke to him, everything, his own life, Russian life – everything human, especially everything Russian. All smoke and steam, he thought; it all seems to be forever changing, on all sides new forms, phantoms flying after phantoms, while in reality it is all the same and the same again; everything hurrying, flying towards something, and everything vanishing without a trace, attaining to nothing; another wind blows, and all is dashing in the opposite direction, and there again the same untiring, restless – and useless gambols! He remembered much that had taken place with clamor and flourish before his eyes in the last few years... "Smoke," he whispered, "smoke;" he remembered the hot disputes, the wrangling, the clamor at Gubaryov's, and in other sets of men, of high and low degree, advanced and

везёт, и лишь пробегавшие изредка горькие судороги неизлечимой душевной боли напоминали ему, что он ещё носится с жизнью. По временам ему казалось непостижимым, каким образом может мужчина – мужчина! – допустить такое влияние на себя женщины, любви… «Постыдная слабость!» – шептал он и встряхивал шинелью и плотнее усаживался: вот, дескать, старое кончено, начнём новое… Минута – и он только улыбался горько и дивился самому себе. Он принялся глядеть в окно. День стоял серый и сырой; дождя не было, но туман ещё держался и низкие облака заволокли все небо. Ветер дул навстречу поезду; беловатые клубы пара, то одни, то смешанные с другими, более тёмными клубами дыма, мчались бесконечною вереницей мимо окна, под которым сидел Литвинов. Он стал следить за этим паром, за этим дымом. Беспрерывно взвиваясь, поднимаясь и падая, крутясь и цепляясь за траву, за кусты, как бы кривляясь, вытягиваясь и тая, неслись клубы за клубами: они непрестанно менялись и оставались те же… Однообразная, торопливая, скучная игра! Иногда ветер менялся, дорога уклонялась – вся масса вдруг исчезала и тотчас же виднелась в противоположном окне; потом опять перебрасывался громадный хвост и опять застилал Литвинову вид широкой прирейнской равнины. Он глядел, глядел, и странное напало на него размышление… Он сидел один в вагоне: никто не мешал ему. «Дым, дым», – повторил он несколько раз; и всё вдруг показалось ему дымом, все, собственная жизнь, русская жизнь – все людское, особенно все русское. Все дым и пар, думал он; все как будто беспрестанно меняется, всюду новые образы, явления бегут за явлениями, а в сущности все то же да то же; все торопится, спешит куда-то – и всё исчезает бесследно, ничего не достигая; другой ветер подул – и бросилось все в противоположную сторону, и там опять та же безустанная, тревожная и – ненужная игра. Вспомнилось ему многое, что с громом и треском совершалось на его глазах в последние годы… Дым, шептал он, дым; вспомнились горячие споры, толки и крики у Губарёва, у других, высоко- и низкопоставленных, передовых и отсталых, старых и молодых людей… Дым, повторял он, дым и пар.

reactionist, old and young... "Smoke," he repeated, "smoke and steam;" he remembered, too, the fashionable picnic, and he remembered various opinions and speeches of other political personages – even all Potugin's sermonizing... "Smoke, smoke, nothing but smoke." And what of his own struggles and passions and agonies and dreams? He could only reply with a gesture of despair.

And meanwhile the train dashed on and on; by now Rastatt, Karlsruhe, and Bruchsal had long been left far behind; the mountains on the right side of the line swerved aside, retreated into the distance, then moved up again, but not so high, and more thinly covered with trees... The train made a sharp turn... and there was Heidelberg. The carriage rolled in under the cover of the station; there was the shouting of newspaper-boys, selling papers of all sorts, even Russian; passengers began bustling in their seats, getting out on to the platform, but Litvinov did not leave his corner, and continued to sit with downcast head.

First published in Russian: 1867
Translation by Constance Garnett

Вспо́мнился, наконе́ц, и знамени́тый пикни́к, вспо́мнились и други́е сужде́ния и ре́чи други́х госуда́рственных люде́й – и да́же все то, что пропове́довал Поту́гин… дым, дым, и бо́льше ничего́. А со́бственные стремле́ния, и чу́вства, и попы́тки, и мечта́ния? Он то́лько руко́й махну́л.

А ме́жду тем по́езд бежа́л да бежа́л; уже́ давно́ и Раштадт, и Карлсруэ, и Брухзаль оста́лись назади́; го́ры с пра́вой стороны́ доро́ги сперва́ отклони́лись, ушли́ вда́ль, пото́м надви́нулись опя́ть, но уже́ не столь высо́кие и ре́же покры́тые ле́сом… По́езд кру́то поверну́л в сто́рону… вот и Гейдельберг. Ваго́ны подкати́лись под наве́с ста́нции; раздали́сь кри́ки разно́счиков, продаю́щих вся́кие, да́же ру́сские, журна́лы; путеше́ственники завози́лись на свои́х места́х, вы́шли на платфо́рму; но Литви́нов не покида́л своего́ уголка́ и продолжа́л сиде́ть, потупи́в го́лову.

First Love, which Turgenev called his most autobiographical novel, tells the story of a sixteen-year-old boy's infatuation with an older girl. The story was modeled after Turgenev's own love for a young woman, who eventually turned out to be the mistress of his father. While many Russian critics were divided about the propriety of the subject matter, the novel was reportedly received with enthusiasm by the likes of Gustave Flaubert and Tsar Alexander II.

First Love
Ivan Turgenev

The game of forfeits went on.[1] Zinaida sat me down beside her. She invented all sorts of extraordinary forfeits! She had among other things to represent a "statue," and she chose as a pedestal the hideous Nirmatsky, told him to bow down in an arch, and bend his head down on his breast. The laughter never paused for an instant. For me, a boy constantly brought up in the seclusion of a dignified manor house, all this noise and uproar, this unceremonious, almost riotous gaiety, these relations with unknown persons, were simply intoxicating. My head spun, as though from wine. I began laughing and talking louder than the others, so much so that the old princess, who was sitting in the next room with some sort of clerk from the Tversky Gate[2], invited by her for consultation on business, came in to look at me. But I felt so happy that I did not mind anything, I didn't care a straw for any one's jeers, or dubious looks.

1. A bit like "truth or dare," where losers in a round of the game were required as punishment for their loss to perform some sort of silly or slightly embarrassing act.

2. Tverskaya Vorota, an important commercial district in central Moscow.

Пе́рвая любо́вь
Ива́н Турге́нев

Игра́ в фа́нты продолжа́лась. Зинаи́да посади́ла меня́ во́зле себя́. Каки́х ни приду́мывала она́ штра́фов! Ей пришло́сь, ме́жду про́чим, представля́ть «ста́тую» – и она́ в пьедеста́л себе́ вы́брала безобра́зного Нирма́цкого, веле́ла ему́ лечь ничко́м, да ещё уткну́ть лицо́ в грудь. Хо́хот не умолка́л ни на мгнове́ние. Мне, уединённо и тре́зво воспи́танному ма́льчику, вы́росшему в ба́рском степе́нном до́ме, весь э́тот шум и гам, э́та бесцеремо́нная, почти́ бу́йная весёлость, э́ти небыва́лые сноше́ния с незнако́мыми людьми́ та́к и бро́сились в го́лову. Я про́сто опьяне́л, как от вина́. Я стал хохота́ть и болта́ть гро́мче други́х, та́к что да́же ста́рая княги́ня, сиде́вшая в сосе́дней ко́мнате с каки́м-то прика́зным от Иверских воро́т, по́званным для совеща́ния, вы́шла посмотре́ть на меня́. Но я чу́вствовал себя́ до тако́й сте́пени счастли́вым, что, как говори́тся, в ус не дул и в грош не ста́вил ничьи́х насме́шек и ничьи́х

Zinaida continued to show me a preference, and kept me at her side. In one forfeit, I had to sit by her, both hidden under one silk handkerchief: I was to tell her *my secret*. I remember our two heads being all at once in a warm, half-transparent, fragrant darkness, the soft, close brightness of her eyes in the dark, and the burning breath from her parted lips, and the gleam of her teeth and the ends of her hair tickling me and setting me on fire. I was silent. She smiled slyly and mysteriously, and at last whispered to me, "Well, what is it?" but I merely blushed and laughed, and turned away, catching my breath. We got tired of forfeits – we began to play a game with a string. My God! What were my transports when, for not paying attention, I got a sharp and vigorous slap on my fingers from her, and how I tried afterwards to pretend that I was absent-minded, and she teased me, and would not touch the hands I held out to her!

What didn't we do that evening! We played the piano, and sang and danced and acted out a gypsy encampment. Nirmatsky was dressed up as a bear, and made to drink salt water. Count Malevsky showed us several sorts of card tricks, and finished, after shuffling the cards, by dealing himself all the trumps at whist, on which Lushin "had the honor of congratulating him." Maydanov recited portions from his poem "The Manslayer" (Romanticism was at its height at this period), which he intended to bring out in a black cover with the title in blood-red letters; they stole the clerk's cap off his knee, and made him dance a Cossack dance by way of ransom for it; they dressed up old Vonifaty in a woman's cap, and the young princess put on a man's hat… I could not enumerate all we did. Only Byelovzorov kept more and more in the background, scowling and angry… Sometimes his eyes looked bloodshot, he flushed all over, and it seemed every minute as though he would rush out upon us all and scatter us like shavings in

косы́х взгля́дов. Зинаи́да продолжа́ла ока́зывать мне предпочте́ние и не отпуска́ла меня́ от себя́. В одно́м штра́фе мне довело́сь сиде́ть с ней ря́дом, накры́вшись одни́м и тем же шёлковым платко́м: я до́лжен был сказа́ть ей свой секре́т. По́мню я, как на́ши о́бе го́ловы вдруг очути́лись в ду́шной, полупрозра́чной, паху́чей мгле, как в э́той мгле бли́зко и мя́гко свети́лись её глаза́ и горячо́ дыша́ли раскры́тые гу́бы, и зу́бы видне́лись, и концы́ её воло́с меня́ щекота́ли и жгли. Я молча́л. Она́ улыба́лась таи́нственно и лука́во и наконе́ц шепну́ла мне: «Ну, что́ же?», а я то́лько красне́л и смея́лся, и отвора́чивался, и едва́ переводи́л дух. Фа́нты наску́чили нам, — мы ста́ли игра́ть в верёвочку. Бо́же мой! како́й я почу́вствовал восто́рг, когда́, зазева́вшись, получи́л от ней си́льный и ре́зкий уда́р по па́льцам, и как пото́м я наро́чно стара́лся пока́зывать вид, что зазёвываюсь, а она́ дразни́ла меня́ и не тро́гала подставля́емых рук!

Да то́ ли мы ещё проде́лывали в тече́ние э́того ве́чера! Мы и на фо́ртепья́но игра́ли, и пе́ли, и танцева́ли, и представля́ли цыга́нский та́бор. Нирма́цкого оде́ли медве́дем и напои́ли водо́ю с со́лью. Граф Мале́вский пока́зывал нам ра́зные ка́рточные фо́кусы и ко́нчил тем, что, перетасова́вши ка́рты, сдал себе́ в вист все ко́зыри, с чем Лу́шин «име́л честь его́ поздра́вить». Майда́нов деклами́ровал нам отры́вки из поэ́мы свое́й «Убийца» (де́ло происходи́ло в са́мом разга́ре романти́зма), кото́рую он намерева́лся изда́ть в чёрной обёртке с загла́вными бу́квами крова́вого цве́та; у прика́зного от Иве́рских воро́т укра́ли с коле́н ша́пку и заста́вили его́, в ви́де вы́купа, пропляса́ть казачка́; старика́ Вонифа́тия наряди́ли в чепе́ц, а княжна́ наде́ла мужску́ю шля́пу... Всего́ не перечи́слишь. Оди́н Беловзо́ров все бо́льше держа́лся в углу́, нахму́ренный и серди́тый... Иногда́ глаза́ его́ налива́лись кро́вью, он весь красне́л, и каза́лось, что вот-вот он сейча́с ри́нется на всех нас и расшвыря́ет нас, как ще́пки, во все

all directions; but the young princess would glance at him, and shake her finger at him, and he would retire into his corner again.

We were quite worn out at last. Even the old princess, though she was ready for anything, as she expressed it, and no noise wearied her, felt tired at last, and longed for peace and quiet. At twelve o'clock at night, supper was served, consisting of a piece of stale dry cheese, and some cold turnovers of minced ham, which seemed to me more delicious than any pastry I had ever tasted; there was only one bottle of wine, and that was a strange one; a dark-colored bottle with a wide neck, and the wine in it was of a pink hue; no one drank it, however. Tired out and faint with happiness, I left the lodge; at parting, Zinaida pressed my hand warmly, and again smiled mysteriously.

The night air was heavy and damp in my heated face; a storm seemed to be gathering; black storm clouds grew and crept across the sky, their smoky outlines visibly changing. A gust of wind shivered restlessly in the dark trees, and somewhere, far away on the horizon, muffled thunder angrily muttered as it were to itself.

I made my way up to my room by the back stairs. My old servant was asleep on the floor, and I had to step over him; he woke, saw me, and told me that my mother had again been very angry with me, and had wished to send after me again, but that my father had prevented her.

(I had never gone to bed without saying good night to my mother, and asking her blessing. There was no help for it now!)

I told my man that I would undress and go to bed by myself, and I put out the candle. But I did not undress, and did not go to bed.

I sat down on a chair, and sat a long while, as though spellbound. What I was feeling was so new and so sweet… I sat still, hardly looking round and not moving, drew slow breaths, and only from time to time laughed

стороны; но княжна взгля́дывала на него, грози́ла ему́ па́льцем, и он сно́ва забива́лся в свой у́гол.

Мы, наконе́ц, вы́бились из сил. Княги́ня уж на что́ была́, как сама́ выража́лась, хо́дка – никаки́е кри́ки её не смуща́ли, – одна́ко и она́ почу́вствовала уста́лость и пожела́ла отдохну́ть. В двена́дцатом ча́су но́чи по́дали а́жин, состоя́вший из куска́ ста́рого, сухо́го сы́ру и каки́х-то холо́дных пирожко́в с ру́бленой ветчино́й, кото́рые мне показа́лись вкусне́е вся́ких паште́тов; вина́ была́ всего́ одна́ буты́лка, и та кака́я-то стра́нная: тёмная, с разда́тым го́рлышком, и вино́ в ней отдава́ло ро́зовой кра́ской: впро́чем, его́ никто́ не пил. Уста́лый и счастли́вый до изнеможе́ния, я вы́шел из фли́геля; на проща́нье Зинаи́да мне кре́пко пожа́ла ру́ку и опя́ть зага́дочно улыбну́лась.

Но́чь тяжело́ и сы́ро пахну́ла мне в разгорячённое лицо́; каза́лось, гото́вилась гроза́; чёрные ту́чи росли́ и ползли́ по не́бу, ви́димо меня́я свой ды́мные очерта́ния. Ветеро́к беспоко́йно содрога́лся в тёмных дере́вьях, и где́-то далеко́ за небоскло́ном, сло́вно про себя́, ворча́л гром серди́то и глу́хо.

Че́рез за́днее крыльцо́ пробра́лся я в свою́ ко́мнату. Дя́дька мой спал на полу́, и мне пришло́сь перешагну́ть че́рез него́; он просну́лся, увида́л меня́ и доложи́л, что ма́тушка опя́ть на меня́ рассерди́лась и опя́ть хоте́ла посла́ть за мно́ю, но что оте́ц её удержа́л. (Я никогда́ не ложи́лся спать, не прости́вшись с ма́тушкой и не испроси́вши её благослове́ния.) Не́чего бы́ло де́лать!

Я сказа́л дя́дьке, что разде́нусь и ля́гу сам, – и погаси́л све́чку. Но я не разде́лся и не лёг.

Я присе́л на стул и до́лго сиде́л как очаро́ванный. То, что я ощуща́л, бы́ло так но́во и так сла́дко... Я сиде́л, чуть-чу́ть озира́ясь и не шевеля́сь, ме́дленно дыша́л и то́лько по времена́м то мо́лча смея́лся, вспомина́я,

silently at some recollection, or turned cold within at the thought that I was in love, that this was she, that this was love. Zinaida's face floated slowly before me in the darkness – floated, and did not float away; her lips still wore the same enigmatic smile, her eyes watched me, a little from one side, with a questioning, dreamy, tender look… as at the instant of parting from her. At last I got up, walked on tiptoe to my bed, and without undressing, laid my head carefully on the pillow, as though I were afraid by an abrupt movement to disturb what filled my soul…

I lay down, but did not even close my eyes. Soon I noticed that faint glimmers of light of some sort were thrown continually into the room… I sat up and looked at the window. The window-frame could be clearly distinguished from the mysteriously and dimly-lighted panes. *It is a storm,* I thought; and a storm it really was, but it was raging so very far away that the thunder could not be heard; only blurred, long, as though it were branching, gleams of lightning flashed continually over the sky; it was not flashing, though, so much as quivering and twitching like the wing of a dying bird. I got up, went to the window, and stood there till morning… The lightning never ceased for an instant; it was what is called among the peasants a "sparrow night." I gazed at the dumb sandy plain, at the dark mass of the Neskuchny Gardens,[3] at the yellowish façades of the distant buildings, which seemed to quiver too at each faint flash… I gazed, and could not turn away; these silent lightning flashes, these gleams seemed in response to the secret silent fires that were aglow within me. Morning began to dawn; the sky was flushed in patches of crimson. As the sun came nearer, the lightning grew gradually paler, and ceased; the quivering gleams were fewer and fewer, and vanished at last, drowned in the sobering positive light of the coming day…

---

3. The oldest park in Moscow, along the Moscow River. Today it is known as Gorky Park.

то внутренно холодел при мысли, что я влюблён, что вот она, вот эта любовь. Лицо Зинаиды тихо плыло передо мною во мраке – плыло и не проплывало; губы её всё так же загадочно улыбались, глаза глядели на меня немного сбоку, вопросительно, задумчиво и нежно... как в то мгновение, когда я расстался с ней. Наконец я встал, на цыпочках подошёл к своей постели и осторожно, не раздеваясь, положил голову на подушку, как бы страшась резким движением потревожить то, чем я был переполнен...

Я лёг, но даже глаз не закрыл. Скоро я заметил, что ко мне в комнату беспрестанно западали какие-то слабые отсветы. Я приподнялся и глянул в окно. Переплёт его чётко отделялся от таинственно и смутно белевших стёкол. «Гроза», – подумал я, – и точно была гроза, но она проходила очень далеко, так что и грома не было слышно; только на небе непрерывно вспыхивали неяркие, длинные, словно разветвлённые молнии: они не столько вспыхивали, сколько трепетали и подёргивались, как крыло умирающей птицы. Я встал, подошёл к окну и простоял там до утра... Молнии не прекращались ни на мгновение; была, что называется в народе, воробьиная ночь. Я глядел на немое песчаное поле, на тёмную массу Нескучного сада, на желтоватые фасады далёких зданий, тоже как будто вздрагивавших при каждой слабой вспышке... Я глядел – и не мог оторваться; эти немые молнии, эти сдержанные блистания, казалось, отвечали тем немым и тайным порывам, которые вспыхивали также во мне. Утро стало заниматься; алыми пятнами выступила заря. С приближением солнца всё бледнели и сокращались молнии: они вздрагивали всё реже и реже и исчезли наконец, затопленные отрезвляющим и несомнительным светом возникавшего дня...

And my lightning flashes vanished too. I felt great weariness and peace… but Zinaida's image still floated triumphant over my soul. But it too, this image, seemed more tranquil: like a swan rising out of the reeds of a bog, it stood out from the other unbeautiful figures surrounding it, and as I fell asleep, I flung myself before it in farewell, trusting adoration…

Oh, sweet emotions, gentle harmony, goodness and peace of the softened heart, melting bliss of the first raptures of love; where are they, where are they?

First published in Russian: 1860
Translation by Constance Garnett

И во мне исчéзли мои́ мóлнии. Я почу́вствовал большу́ю устáлость и тишину́... но óбраз Зинаи́ды продолжáл носи́ться, торжеству́я, над моéю душóй. Тóлько он сам, э́тот óбраз, казáлся успокóенным: как полетéвший лéбедь – от болóтных трав, отдели́лся он от окружáвших егó други́х неблагови́дных фигу́р, и я, засыпáя, в послéдний раз припáл к нему́ с прощáльным и довéрчивым обожáнием...

О, крóткие чу́вства, мя́гкие зву́ки, добротá и утихание трóнутой души́, тáющая рáдость пéрвых умилéний любви́, – где вы, где вы?

The highly autobiographical novel *Torrents of Spring* was written when Turgenev was in his fifties. It recalls the author's youthful experiences traveling through the German States and his encounter there with a beautiful girl. Through the character of Sanin, the author reimagines what might have happened if he had stayed to get to know the girl instead of leaving, as Turgenev himself did, that same day.

Torrents of Spring
Ivan Turgenev

> "Years of gladness,
> Days of joy,
> Like the torrents of spring
> They hurried away."
> – From an Old Ballad

It was the summer of 1840. Sanin was in his twenty-second year, and he was in Frankfurt on his way home from Italy to Russia. He was a man of small property, but independent, almost without family ties. By the death of a distant relative, he had come into a few thousand rubles, and he had decided to spend this sum abroad before entering the service, before finally putting on the government yoke, without which he could not obtain a secure livelihood. Sanin had carried out this intention, and had fitted things in to such a nicety that on the day of his arrival in Frankfurt he had only just enough money left to take him back to Petersburg. In the year 1840 there were few railroads in existence; tourists travelled by diligence. Sanin had

Вешние воды

Иван Тургенев

Весёлые годы,
Счастливые дни –
Как вешние воды
Промчались они!
– Из старинного романса.

Дело было летом 1840 года. Санину минул 22-й год, и он находился во Франкфурте, на возвратном пути из Италии в Россию. Человек он был с небольшим состоянием, но независимый, почти бессемейный. У него, по смерти отдалённого родственника, оказалось несколько тысяч рублей – и он решился прожить их за границею, перед поступлением на службу, перед окончательным возложением на себя того казённого хомута, без которого обеспеченное существование стало для него немыслимым. Санин в точности исполнил своё намерение и так искусно распорядился, что в день прибытия во Франкфурт у него оказалось ровно столько денег, сколько нужно было для того, чтобы добраться до Петербурга. В 1840 году железных дорог существовала самая малость; господа туристы

taken a place in the Beiwagon;[1] but the diligence did not start till eleven o'clock in the evening. There was a great deal of time to be got through before then. Fortunately it was lovely weather, and Sanin, after dining at a hotel famous in those days – the White Swan, set off to stroll about the town. He went in to look at Danneker's Ariadne,[2] which he did not much care for, visited the house of Goethe, of whose works he had, however, only read *Werther*,[3] and that in the French translation. He walked along the bank of the Maine, and was bored as a well-conducted tourist should be; at last at six o'clock in the evening, tired, and with dusty boots, he found himself in one of the least remarkable streets in Frankfurt. That street he was fated not to forget long, long after. On one of its few houses he saw a signboard: "Giovanni Roselli, Italian confectionery," was announced upon it. Sanin went into it to get a glass of lemonade; but in the shop, where, behind the modest counter, on the shelves of a stained cupboard, recalling a chemist's shop, stood a few bottles with gold labels, and as many glass jars of biscuits, chocolate cakes, and sweetmeats – in this room, there was not a soul; only a grey cat blinked and purred, sharpening its claws on a tall wicker chair near the window and a bright patch of color was made in the evening sunlight, by a big ball of red wool lying on the floor beside a carved wooden basket turned upside down. A confused noise was audible in the next room. Sanin stood a moment, and making the bell on the door ring its loudest, he called, raising his voice: "Is there no one here?" At that instant the door from an inner room was thrown open, and Sanin was struck dumb with amazement.

---

1. A Beiwagen (Germ.) was a detachable traveling coach.

2. The sculpture *Ariadne on the Panther* (1813) by German sculptor Johann Heinrich von Danneker (1758-1841).

3. *The Sorrows of Young Werther* (1774), an epistolary novel by Johann Wolfgang von Goethe (1749-1832), was a major work of the Romantic movement that had significant influence in Russia.

разъезжа́ли в дилижа́нсах. Са́нин взял ме́сто в «бейва́гене»; но дилижа́нс отходи́л то́лько в 11-м ча́су ве́чера. Вре́мени остава́лось мно́го. К сча́стью, пого́да стоя́ла прекра́сная – и Са́нин, пообе́дав в знамени́той тогда́шней гости́нице «Бе́лого ле́бедя», отпра́вился броди́ть по го́роду. Зашёл посмотре́ть Да́ннекерову Ариа́дну, кото́рая ему́ понра́вилась ма́ло, посети́л дом Гёте, из сочине́ний кото́рого он, впро́чем, прочёл одного́ «Ве́ртера» – и то́ во францу́зском перево́де; погуля́л по бе́регу Ма́йна, поскуча́л, как сле́дует добропоря́дочному путеше́ственнику; наконе́ц, в шесто́м ча́су ве́чера, уста́лый, с запылёнными нога́ми, очути́лся в одно́й из са́мых незначи́тельных у́лиц Фра́нкфурта. Э́ту у́лицу он до́лго пото́м забы́ть не мог. На одно́м из немногочи́сленных её домо́в он уви́дел вы́веску: «Италья́нская конди́терская Джиова́нни Розе́лли» заявля́ла о себе́ прохо́жим. Са́нин зашёл в неё, что́бы вы́пить стака́н лимона́ду; но в пе́рвой ко́мнате, где, за скро́мным прила́вком, на по́лках кра́шеного шка́фа, напомина́я апте́ку, стоя́ло не́сколько буты́лок с золоты́ми ярлыка́ми и сто́лько же стекля́нных ба́нок с сухаря́ми, шокола́дными лепёшками и леденца́ми, – в э́той ко́мнате не́ было ни души́; то́лько се́рый кот жму́рился и мурлы́кал, перебира́я ла́пками, на высо́ком плетёном сту́ле во́зле окна́, и, я́рко рдея в косо́м луче́ вече́рнего со́лнца, большо́й клубо́к кра́сной ше́рсти лежа́л на полу́ ря́дом с опроки́нутой корзи́нкой из резно́го де́рева. Сму́тный шум слы́шался в сосе́дней ко́мнате. Са́нин постоя́л и, дав колоко́льчику на дверя́х прозвене́ть до конца́, произнёс, возвы́сив го́лос: «Никого́ здесь нет?» В то же мгнове́ние дверь из сосе́дней ко́мнаты раствори́лась – и Са́нину понево́ле пришло́сь изуми́ться.

A young girl of nineteen ran impetuously into the shop, her dark curls hanging in disorder on her bare shoulders, her bare arms stretched out in front of her. Seeing Sanin, she rushed up to him at once, seized him by the hand, and pulled him after her, saying in a breathless voice, "Quick, quick, here, save him!" Not through disinclination to obey, but simply from excess of amazement, Sanin did not at once follow the girl. He stood, as it were, rooted to the spot; he had never in his life seen such a beautiful creature. She turned towards him, and with such despair in her voice, in her eyes, in the gesture of her clenched hand, which was lifted with a spasmodic movement to her pale cheek, she articulated, "Come, come!" that he at once darted after her to the open door.

Sanin walked along, at one time by Gemma's side, at another time a little behind her. He never took his eyes off her and never ceased smiling. She seemed to hasten … seemed to linger. As a matter of fact, they both – he all pale, and she all flushed with emotion – were moving along as in a dream. What they had done together a few instants before – that surrender of each soul to another soul – was so intense, so new, and so moving; so suddenly everything in their lives had been changed and displaced that they could not recover themselves, and were only aware of a whirlwind carrying them along, like the whirlwind on that night, which had almost flung them into each other's arms. Sanin walked along, and felt that he even looked at Gemma with other eyes; he instantly noted some peculiarities in her walk, in her movements, – and heavens! How infinitely sweet and precious they were to him! And she felt that that was how he was looking at her.

В конди́терскую, с рассы́панными по обнажённым плеча́м тёмными ку́дрями, с протя́нутыми вперёд обнажёнными рука́ми, поры́висто вбежа́ла де́вушка лет девятна́дцати и, уви́дев Са́нина, тотча́с бро́силась к нему́, схвати́ла его́ за ру́ку и повлекла́ за собо́ю, пригова́ривая задыха́вшимся го́лосом: «Скоре́й, скоре́й, сюда́, спаси́те!» Не из нежела́ния повинова́ться, а про́сто от избы́тка изумле́ния Са́нин не тотча́с после́довал за де́вушкой – и как бы упёрся на ме́сте: он в жи́зни не ви́дывал подо́бной краса́вицы. Она́ оберну́лась к нему́ и с таки́м отча́янием в го́лосе, во взгля́де, в движе́нии сжа́той руки́, су́дорожно поднесённой к бле́дной щеке́, произнесла́: «Да иди́те же, иди́те!» – что он тотча́с ри́нулся за не́ю в раскры́тую дверь.

Са́нин шёл то ря́дом с Дже́ммой, то не́сколько позади́ её, не спуска́л с неё глаз и не перестава́л улыба́ться. А она́ как бу́дто спеши́ла... как бу́дто остана́вливалась. Пра́вду сказа́ть, о́ба они́, он весь бле́дный, она́ вся ро́зовая от волне́ния, подвига́лись вперёд, как отума́ненные. То, что они́ сде́лали вдвоём не́сколько мгнове́ний тому́ наза́д – э́то отда́ние свое́й души́ друго́й душе́, – бы́ло так си́льно, и но́во, и жу́тко; так внеза́пно всё в их жи́зни перестави́лось и перемени́лось, что они́ о́ба не могли́ опо́мниться и то́лько сознава́ли подхвати́вший их ви́хорь, подо́бный тому́ ночно́му ви́хрю, кото́рый чуть-чу́ть не бро́сил их в объя́тия друг дру́гу. Са́нин шёл и чу́вствовал, что он да́же ина́че гляди́т на Дже́мму: он мгнове́нно заме́тил не́сколько осо́бенностей в её похо́дке, в её движе́ниях, – и, бо́же мой! как они́ бы́ли ему́ бесконе́чно до́роги и ми́лы! И она́ чу́вствовала, что он так на неё гляди́т.

Sanin and she were in love for the first time; all the miracles of first love were working in them. First love is like a revolution; the uniformly regular routine of ordered life is broken down and shattered in one instant; youth mounts the barricade, waves high its bright flag, and whatever awaits it in the future – death or a new life – it goes to meet all with an ecstatic welcome.

First published in Russian: 1872
Translation by Constance Garnett

Са́нин и она́ – полюби́ли в пе́рвый ра́з; все чудеса́ пе́рвой любви́ соверша́лись над ни́ми. Пе́рвая любо́вь – та же револю́ция: однообра́зно-правильный строй сложи́вшейся жи́зни разби́т и разру́шен в одно́ мгнове́нье, мо́лодость стои́т на баррика́де, высоко́ вьётся её я́ркое зна́мя, и что́ бы там впереди́ её ни жда́ло – смерть и́ли но́вая жизнь, – всему́ она́ шлёт свой восто́рженный приве́т.

In his final novel, Turgenev gave a sympathetic portrayal of the idealistic but naïve generation of young revolutionaries who dreamed of abandoning their lives of privilege to "go to the people" and preach a new way of life. A love story about the revolutionaries Mariana and Nezhdanov, *Virgin Soil* is also a gentle critique of the populist movement of the late 1860s-1870s, delivered through the character of Solomin.

Virgin Soil
Ivan Turgenev

Nezhdanov was surprised and glad at the same time, while Solomin pressed his hand. Then he seated himself astride on a chair, lit a cigar, and, leaning both his elbows against the back, began: "Now, tell me what's the matter."

Nezhdanov also seated himself astride a chair in front of Solomin, but did not light a cigar.

"So you want to know what's the matter?... The fact is, I want to run away from here."

"Am I to understand that you want to leave this house? As far as I can see, there is nothing to prevent you."

"Not leave it, but run away from it."

"Why? Do they want to detain you? Perhaps you've taken some money in advance... If so, you've only to say the word and I should be delighted—"

"I'm afraid you don't understand me, my dear Solomin. I said run away and not leave, because I'm not going away alone."

Solomin raised his head. "With whom then?"

"With the girl you've seen here today."

Новь
Иван Тургенев

Нежданов обрадовался и удивился, а Соломин пожал ему руку. Потом он сел верхом на стул, закурил сигару и, опершись обоими локтями о спинку, промолвил:

– Ну, говорите, в чём дело?

Нежданов тоже сел верхом на стул против Соломина – но сигары не закурил.

– В чём дело, спрашиваете вы?… А в том, что я хочу бежать отсюда.

– То есть вы хотите оставить этот дом? Ну что ж? С Богом!

– Не оставить… а бежать.

– Разве вас удерживают? Вы, может быть… забрали денег вперёд? Так вам стоит только слово сказать… Я с удовольствием…

– Вы меня не понимаете, любезный Соломин… Я сказал: бежать, а не оставить, потому что я отсюда удаляюсь – не один.

Соломин приподнял голову.

– С кем же это?

– А с той девушкой, которую вы видели здесь сегодня…

"With her! She has a very nice face. Are you in love with one another? Or have you simply decided to go away together because you don't like being here?"

"We love each other."

"Ah!" Solomin was silent for a while. "Is she related to the people here?"

"Yes. But she fully shares our convictions and is prepared for anything."

Solomin smiled.

"And you, Nezhdanov, are you prepared?"

Nezhdanov frowned slightly.

"Why ask? You will see when the time comes."

"I do not doubt you, Nezhdanov. I only asked because it seemed to me that besides yourself nobody else was prepared."

"And Markelov?"

"Why, of course, Markelov! But then, he was born prepared."

At this moment someone knocked at the door gently, but hastily, and opened it without waiting for an answer. It was Mariana. She immediately approached Solomin.

"I feel sure," she began, "that you are not surprised at seeing me here at this time of night. He," Mariana pointed to Nezhdanov, "has no doubt told you everything. Give me your hand, please, and believe me that an honest girl is standing before you."

"I am convinced of that," Solomin said seriously.

He had risen from his chair as soon as Mariana had appeared. "I had already noticed you at table and was struck by the frank expression of your eyes. Nezhdanov told me about your intentions. But may I ask why you want to run away?"

"What a question! The cause with which I am fully in sympathy… don't be surprised. Nezhdanov has kept nothing from me… The great work is about to begin… and am I to remain in this house, where everything is deceit and falsehood? People I love will be exposed to danger, and I—"

Solomin stopped her by a wave of the hand.

– С э́той! У ней хоро́шее лицо́. Что ж? Вы полюби́ли друг дру́га?… И́ли то́лько так – реша́етесь вме́сте оста́вить дом, где вам обо́им нехорошо́?

– Мы лю́бим друг дру́га.

– А! – Соло́мин помолча́л. – Она́ ро́дственница зде́шним господа́м?

– Да. Но она́ вполне́ разделя́ет на́ши убежде́ния – и гото́ва идти́ на все.

Соло́мин улыбну́лся.

– А вы, Нежда́нов, гото́вы?

Нежда́нов нахму́рился слегка́.

– К чему́ э́тот вопро́с? Я вам докажу́ мою́ гото́вность на де́ле.

– Я не сомнева́юсь в вас, Нежда́нов; я то́лько потому́ спроси́л вас, что, кро́ме вас, я полага́ю, никто́ не гото́в.

– А Марке́лов?

– Да! вот ра́зве Марке́лов. Да тот, чай, роди́лся гото́вым.

В э́то мгнове́нье кто́-то ти́хо и бы́стро постуча́л в две́ри и, не дожида́ясь о́тзыва, отвори́л её. То была́ Мариа́нна. Она́ тотча́с подошла́ к Соло́мину.

– Я уве́рена, – начала она́, – вы не удиви́тесь, уви́девши меня́ здесь в э́ту по́ру. Он (Мариа́нна указа́ла на Нежда́нова) вам, коне́чно, все сказа́л. Да́йте мне ва́шу ру́ку – и зна́йте, что пе́ред ва́ми че́стная де́вушка.

– Да, я э́то зна́ю, – серьёзно промо́лвил Соло́мин. Он подня́лся со сту́ла, как то́лько Мариа́нна появи́лась. – Я уже́ за столо́м смотре́л на вас и ду́мал: вот каки́е у э́той ба́рышни че́стные глаза́. Мне Нежда́нов, то́чно, ска́зывал о ва́шем наме́рении. Но со́бственно заче́м вы хоти́те бежа́ть?

– Как заче́м? Де́ло, кото́рому я сочу́вствую… не удивля́йтесь: Нежда́нов ничего́ не скрыл от меня́… э́то де́ло должно́ нача́ться на дня́х… а я оста́нусь в э́том поме́щичьем до́ме, где все ложь и обма́н? Лю́ди, кото́рых я люблю́, бу́дут подверга́ться опа́сности, – а я…

Соло́мин останови́л её движе́нием руки́.

"Calm yourself. Sit down, please, and you sit down too, Nezhdanov. Let us all sit down. Listen to me! If you have no other reason than the one you have mentioned, then there's no need for you to run away as yet. The work will not begin so soon as you seem to anticipate. A little more prudent consideration is needed in this matter. It's no good plunging in too soon, believe me."

Mariana sat down and wrapped herself up in a large plaid, which she had thrown over her shoulders.

"But I can't stay here any longer! I am being insulted by everybody. Only today that idiot Anna Zakharovna said before Kolya, alluding to my father, that a bad tree does not bring forth good fruit! Kolya was even surprised, and asked what it meant. Not to speak of Valentina Mikhailovna!"

Solomin stopped her again, this time with a smile.

Mariana felt that he was laughing at her a little, but this smile could not have offended any one.

"But, my dear lady, I don't know who Anna Zakharovna is, nor what tree you are talking about. A foolish woman says some foolish things to you and you can't endure it! How will you live in that case? The whole world is composed of fools. Your reason is not good enough. Have you any other?"

"I am convinced," Nezhdanov interposed in a hollow voice, "that Mr. Sipyagin will turn me out of the house tomorrow of his own accord. Someone must have told him. He treats me…in the most contemptuous manner."

Solomin turned to Nezhdanov.

"If that's the case, then why run away?"

Nezhdanov did not know what to say.

"But I've already told you—" he began.

"He said that," Mariana put in, "because I am going with him."

Solomin looked at her and shook his head good-naturedly. "In that case, my dear lady, I say again, that if you want to leave here because you think the revolution is about to break out—"

– Не волну́йтесь. Ся́дьте, и я ся́ду. Ся́дьте и вы, Нежда́нов. Послу́шайте: е́сли у вас нет друго́й причи́ны, то бежа́ть ещё вам отсю́да не́ для чего. Де́ло э́то ещё не та́к ско́ро начнётся, как вы ду́маете. Тут ну́жно ещё не́которое благоразу́мие. Не́чего сова́ться вперёд зря. Пове́рьте мне.

Мариа́нна се́ла и запахну́лась больши́м пле́дом, кото́рый она́ наки́нула себе́ на пле́чи.

– Но я не могу́ оста́ться здесь бо́льше! Меня́ здесь все оскорбля́ют. Сего́дня ещё э́та глу́пая А́нна Заха́ровна, при Ко́ле, сказа́ла мне, намека́я на моего́ отца́, что я́блоко от я́блони недалеко́ па́дает! Коля да́же удиви́лся и спроси́л, что э́то зна́чит? Я уже́ не говорю́ о Валенти́не Миха́йловне!

Соло́мин опя́ть останови́л её – и на э́тот раз улыбну́лся. Мариа́нна поняла́, что он немно́жко посме́ивается над не́ю, но его́ улы́бка никогда́ никого́ оскорби́ть не могла́. – Что ж э́то вы, ми́лая ба́рышня? Я не зна́ю, кто така́я А́нна Заха́ровна, ни о како́й я́блоне вы говори́те… но поми́луйте: вам глу́пая же́нщина ска́жет что-нибу́дь глу́пое, а вы э́то снести́ не мо́жете? Ка́к же вы жить-то бу́дете? Весь свет на глу́пых лю́дях стои́т. Нет, э́то не резо́н. Ра́зве что друго́е?

– Я убеждён, – вмеша́лся глухи́м го́лосом Нежда́нов, – что не ны́нче – за́втра господи́н Сипя́гин мне сам отка́жет от до́ма. Ему́, наве́рное, донесли́; он обраща́ется со мно́ю… са́мым презри́тельным о́бразом.

Соло́мин оберну́лся к Нежда́нову.

– Так для чего́ же вам бежа́ть, ко́ли вам без того́ отка́жут?

Нежда́нов не тотча́с нашёлся, что отве́тить.

– Я уже́ говори́л вам, – на́чал он…

– Он так вы́разился, – подхвати́ла Мариа́нна, – потому́ что я ухожу́ с ним.

Соло́мин посмотре́л на неё и добродушно покача́л голово́ю.

– Так, так, ми́лая ба́рышня но опя́ть-таки скажу́ вам: е́сли вы, то́чно, хоти́те оста́вить э́тот дом, потому́ что полага́ете, что револю́ция сейча́с вспы́хнет…

"That was precisely why we asked you to come," Mariana interrupted him; "we wanted to find out exactly how matters stood."

"If that's your reason for going," Solomin continued, "I repeat once more, you can stay at home for some time to come yet, but if you want to run away because you love each other and can't be united otherwise, then—"

"Well? What then?"

"Then I must first congratulate you and, if need be, give you all the help in my power. I may say, my dear lady, that I took a liking to you both at first sight and love you as brother and sister."

Mariana and Nezhdanov both went up to him on the right and left and each clasped a hand.

"Only tell us what to do," Mariana implored. "Supposing the revolution is still far off, there must be preparatory work to be done, a thing impossible in this house, in the midst of these surroundings. We should so gladly go together… Show us what we can do; tell us where to go… Send us anywhere you like! You will send us, won't you?"

"Where to?

"To the people… Where can one go if not among the people?"

"Into the forest," Nezhdanov thought, calling to mind Paklin's words.

Solomin looked intently at Mariana. "Do you want to know the people?"

"Yes; that is, we not only want to get to know them, but we want to work… to toil for them."

"Very well. I promise you that you shall get to know them. I will give you the opportunity of doing as you wish. And you, Nezhdanov, are you ready to go for her… and for them?"

"Of course I am," he said hastily. "*Juggernaut*," another word of Paklin's, flashed across his mind. "*Here it comes thundering along, the huge chariot…I can hear the crash and rumble of its wheels.*"

First published in Russian: 1877

Translation by Rochelle S. Townsend

– Мы и́менно для э́того и вы́писали вас, – перебила Мариа́нна, – чтоб узна́ть достове́рно, в како́м положе́нии нахо́дятся дела́.

– В тако́м слу́чае, – продолжа́л Соло́мин, – повторя́ю: вы мо́жете ещё сиде́ть до́ма дово́льно до́лго. Е́сли же вы хоти́те бежа́ть, потому́ что лю́бите друг дру́га и ина́че вам соедини́ться нельзя́, – тогда́…

– Ну, что тогда́?

– Тогда́ мне остаётся то́лько пожела́ть вам, как гова́ривалось в старину́, любо́вь да сове́т; да е́сли ну́жно и мо́жно – оказа́ть вам посильную по́мощь. Потому́ что и вас, ми́лая ба́рышня, и его́ – я с пе́рвого ра́зу полюби́л, как родны́х.

И Мариа́нна и Нежда́нов, о́ба подошли́ к нему́, спра́ва и сле́ва, и ка́ждый из них взял одну́ его́ ру́ку.

– Скажи́те нам то́лько, что нам де́лать? – промо́лвила Мариа́нна. – Поло́жим, револю́ция ещё далека́… но подготови́тельные рабо́ты, труды́, кото́рые в э́том до́ме, при э́той обстано́вке, невозмо́жны и на кото́рые мы так охо́тно пойдём – вдвоём… вы нам ука́жете их; вы то́лько скажи́те нам, куда́ нам идти́… Пошли́те нас! Ведь вы пошлёте нас?

– Куда́?

– В наро́д… Куда́ же идти́, как не в наро́д? "До ля́су," – поду́мал Нежда́нов… Ему́ вспо́мнилось сло́во Па́клина.

Соло́мин погляде́л при́стально на Мариа́нну.

– Вы хоти́те узна́ть наро́д?

– Да, то́ есть не узна́ть наро́д хоти́м мы то́лько, но и де́йствовать… труди́ться для него́.

– Хорошо́, я вам обеща́ю, что вы его́ узна́ете. Я доста́влю вам возмо́жность де́йствовать – и труди́ться для него́. И вы, Нежда́нов, гото́вы идти́… за не́ю… и за него́?

– Коне́чно, гото́в! – произнёс он поспе́шно. – «Джаггерна́ут, – вспо́мнилось ему́ друго́е сло́во Па́клина. – Вот она́ ка́тится, грома́дная колесни́ца… и я слы́шу треск и гро́хот её колёс.»

www.ingramcontent.com/pod-product-compliance
Lightning Source LLC
Chambersburg PA
CBHW061456210726
48287CB00007B/2531